LE MASQUE
Collection de romans d'aventures
créée par
ALBERT PIGASSE

Un amour importun

Née à Londres en 1930, Ruth Rendell est d'abord journaliste puis publie son premier roman, *Un amour importun*, en 1964. De l'Edgar pour *Ces choses-là ne se font pas* au Prix du Roman d'Aventures pour *Le Maître de la Lande*, en passant par le Golden Dagger Award qu'elle décroche par deux fois, les plus hautes récompenses littéraires du monde entier l'ont distinguée comme l'un des plus grands auteurs de romans policiers de tous les temps, à mi-chemin entre Agatha Christie et Patricia Highsmith.

DU MÊME AUTEUR DANS LE MASQUE :

Qui a tué Charlie Hatton ?
Fantasmes
Le Pasteur détective
L'Analphabète
L'Enveloppe mauve
Ces choses-là ne se font pas
Étrange créature
Le Petit été de la Saint-Luke
Reviens-moi
La Banque ferme à midi
Un amour importun
Le Lac des ténèbres
L'Inspecteur Wexford
Le Maître de la lande
Prix du Roman d'Aventures 1982
La Fille qui venait de loin
La Fièvre dans le sang
Son âme au diable
Morts croisés
Une fille dans un caveau
Et tout ça en famille...
Les Corbeaux entre eux
Une amie qui vous veut du bien
La Police conduit le deuil
La Maison de la mort
La Danse de Salomé
Qui ne tuerait le mandarin ?
Meurtre indexé
Le Jeune homme et la mort
Les Désarrois du Pr. Sanders
Le Meilleur des témoins

DANS LE CLUB DES MASQUES :

Qui a tué Charles Hatton ?
L'Analphabète
La Danse de Salomé
Le Petit été de la Saint-Luke
Morts Croisées
Le Lac des ténèbres
Une amie qui vous veut du bien
Ces choses-là ne se font pas
Fantasmes
Qui ne tuerait le mandarin ?
La Banque ferme à midi
Et tout ça en famille
Un amour importun

Ruth Rendell

Un amour importun

Traduction nouvelle de Laurence Delacroix

LIBRAIRIE DES CHAMPS-ÉLYSÉES

CE ROMAN A PARU SOUS LE TITRE ORIGINAL :

FROM DOON WITH DEATH

Pour Don

*Les vers en épigraphes ainsi que les dédicaces des livres de Minna proviennent tous de l'*Oxford Book of Victorian Verse.

« Tu m'as brisé le cœur. Enfin, je l'ai écrit. Non pour que tu le lises, Minna, car jamais tu ne recevras cette lettre, qui jamais ne se recroquevillera pour se flétrir sous le rire de tes petites lèvres pincées, ce rire comme la musique d'un tympanon...

Te parlerai-je de la Muse qui m'attendait ? J'aurais tant aimé que tu pénètres à mes côtés sous les voûtes de son sanctuaire, là où jaillissaient les sources d'Hélicon ! Je t'aurais fait don de la nourriture de l'âme, du pain qui est prose et du vin qui est poésie. Ah, le vin, Minna... Le vin est le sang du troubadour, cramoisi comme la rose.

Mais jamais je n'accomplirai ce voyage, Minna, car lorsque je t'ai offert le vin, tu ne m'as donné en retour que l'eau de l'indifférence. J'avais enveloppé le pain dans de l'or, mais tu l'as caché dans la jatte du mépris.

En vérité, tu m'as brisé le cœur et tu as fracassé la coupe de vin contre le mur... »

1

Appelez encore une fois,
D'une voix qu'elle reconnaîtra,
« Margaret, Margaret ! »
Matthew Arnold,
The Forsaken Merman.

— Je crois que vous vous inquiétez un peu vite, Mr Parsons, affirma Burden.

Il était fatigué et s'était apprêté à emmener sa femme au cinéma. En outre, il avait immédiatement remarqué en entrant les livres sur l'étagère près de la cheminée. Rien que les titres avaient de quoi flanquer le frisson à l'homme le plus équilibré, et angoisser n'importe qui sans raison valable : *Palmer l'empoisonneur, Le Procès de Madeleine Smith, La noyade des trois mariées, Célèbres procès, Quelques fameux procès anglais.*

— Vous ne croyez pas que vos lectures ont attisé votre imagination ?

— Je m'intéresse au crime, répondit Parsons. C'est un de mes passe-temps favoris.

— Je vois ça, dit Burden en songeant qu'il éviterait de s'asseoir s'il le pouvait. Écoutez, vous ne pouvez pas vraiment dire que votre femme ait disparu. Vous êtes rentré depuis une heure et demie et elle n'est toujours pas là. C'est tout. Elle est probablement allée au cinéma. D'ailleurs, j'y vais avec ma femme. Je parie qu'on va la rencontrer.

— Margaret ne ferait jamais une chose pareille,

Mr Burden. Vous ne la connaissez pas, moi si. Depuis bientôt six ans que nous sommes mariés, je ne suis jamais rentré dans une maison vide.

— Si vous voulez, je repasse en sortant du cinéma. Et je vous fiche mon billet qu'elle sera rentrée. (Il se dirigea vers la porte.) Écoutez, allez jusqu'au poste si vous y tenez. Cela n'engage à rien.

— Non, c'est juste que comme vous habitez à côté et que vous êtes inspecteur...

« Et pas en service », pensa Burden. « Si j'étais médecin, je pourrais me faire en plus une clientèle privée, mais je parie que mes services l'intéresseraient moins s'il était question d'argent. »

Assis dans la salle de cinéma obscure et à moitié vide, Burden réfléchit : « Tout de même, c'est curieux. Une épouse ordinaire, banale et aussi conventionnelle que Mrs Parsons, qui prépare toujours le dîner de son mari pour 18 heures tapantes, ne disparaît pas d'un seul coup sans laisser un mot. »

— Je croyais que tu avais dit que c'était un bon film, murmura-t-il à sa femme.

— Les critiques étaient bonnes.

— Oh, les critiques !

Un autre homme, peut-être ? Mrs Parsons, vraiment ? Ou alors, elle avait eu un accident. Il s'était montré un peu négligent en n'engageant pas Parsons à téléphoner au poste immédiatement.

— Écoute, chérie, dit-il, j'en ai marre. Tu restes voir la fin. Moi, il faut que je retourne chez Parsons.

— J'aurais dû épouser ce reporter qui m'appréciait tellement.

— Tu plaisantes, rétorqua Burden, il serait resté au bureau toute la nuit pour coucher son article... Ou coucher avec la secrétaire du patron.

Il remonta Tabard Road à toute allure, puis se força à adopter un pas nonchalant en atteignant la maison victorienne des Parsons. La maison était plongée dans l'obscurité, et les rideaux de la large baie du rez-de-chaussée n'étaient pas tirés. L'escalier avait été blanchi et la bordure en cuivre astiquée.

Mrs Parsons avait dû être une femme d'intérieur très méticuleuse. « Avait dû » ? Pourquoi pas « devait être » ?

Parsons ouvrit la porte avant que Burden ait eu le temps de frapper. Il était toujours aussi soigné, dans son impeccable complet vieillot et sa cravate nouée bien serrée. Mais son visage avait pris une teinte vert-de-gris, qui rappela à Burden un noyé qu'il avait vu une fois sur la table d'autopsie à la morgue. Ils avaient dû lui remettre ses lunettes, sur son nez gorgé d'eau, pour que la jeune fille venue l'identifier puisse le reconnaître.

— Elle n'est toujours pas rentrée, annonça-t-il.

Il avait la voix rauque, comme s'il était sur le point d'attraper un rhume, mais ce n'était sans doute que la peur.

— Si vous faisiez un peu de thé, suggéra Burden. On va prendre une tasse de thé et discuter.

— Je n'arrête pas de penser à ce qui a pu lui arriver. Cet endroit est tellement exposé. Mais je suppose que c'est normal, c'est la campagne.

— Ce sont tous ces livres, estima Burden, ce n'est pas très sain.

Il regarda à nouveau les titres qui se détachaient en lettres brillantes sur les couvertures des livres de poche. L'une d'elles représentait un enchevêtrement d'armes à feu et de poignards sur un fond rouge sang.

— Ce n'est pas pour un profane, remarqua-t-il. Permettez que j'utilise votre téléphone ?

— Il est dans le salon.

— Je vais appeler le poste de police. Il y aura peut-être quelque chose du côté des hôpitaux.

On aurait dit que personne ne s'asseyait jamais dans cette pièce. Il remarqua avec un certain désarroi la pauvreté qui se cachait derrière une propreté impeccable. Jusqu'à présent, il n'avait pas vu un seul meuble datant de moins de cinquante ans. Burden avait l'habitude de se rendre dans toutes sortes de maisons et il savait reconnaître un mobilier ancien lorsqu'il en voyait un. Mais celui-ci n'était pas ancien et n'aurait pu être choisi pour sa beauté ou sa valeur. Il était seulement vieux. « Assez vieux pour être bon marché », songeait Burden, « mais quand même assez récent pour ne pas être trop cher ». La bouilloire se mit à siffler et il entendit tinter la vaisselle à la cuisine. Une tasse se fracassa sur le sol. Au bruit qu'elle fit en se brisant, on aurait dit qu'ils avaient gardé le vieux sol en ciment. Burden pensa à nouveau qu'il n'en fallait pas plus pour donner la chair de poule : ces pièces à hauts plafonds, ces craquements inexplicables et inexpliqués provenant des escaliers et du placard, ces livres sur de sordides histoires de poison, de pendaison et de sang.

— J'ai signalé la disparition de votre femme, indiqua-t-il à Parsons. Il n'y a rien dans les hôpitaux.

Parsons alluma la lumière dans la pièce du fond et Burden le suivit. « Une ampoule de soixante watts », pensa Burden. L'abat-jour en parchemin accroché au centre du plafond éclairait faiblement. Il repoussait toute la lumière vers le sol, laissant dans l'ombre les bulbeux fruits de plâtre du plafond dont les coins étaient entachés d'une obscurité plus grande encore. Parsons posa les tasses sur le buffet, un énorme bahut en acajou qui ressemblait plus à une invraisemblable maison de bois qu'à un meuble, avec ses différents niveaux, ses galeries et ses étagères sculptées semblables à des balcons. Burden s'assit dans un fauteuil à accoudoirs de bois et siège de velours brun. Le sol en lino résonnait de façon inquiétante sous les épaisses semelles de ses chaussures.

— Vous n'avez aucune idée de l'endroit où votre femme a pu se rendre ?

— J'ai essayé d'y réfléchir. Je n'ai pas arrêté de me creuser la tête, mais je ne vois vraiment pas où elle peut être.

— Vous avez pensé à ses amis ? À sa mère ?

— Sa mère est morte. Nous n'avons pas d'amis ici. Nous ne sommes là que depuis six mois.

Burden remua son thé. Dehors, l'atmosphère avait été lourde et humide toute la journée. Dans cette maison sombre aux murs épais, il imaginait qu'on devait avoir l'impression d'être toujours en hiver.

— Écoutez, je n'aime pas dire ça, mais il faut bien que quelqu'un vous le demande. Autant que ce soit moi. Est-ce qu'elle aurait pu sortir avec un autre homme ? Je suis désolé mais il faut que je sache.

— Bien sûr, je comprends. Je sais comment ça se passe, répondit-il en tapotant sur la bibliothèque. Une simple enquête de routine, n'est-ce pas ? Mais vous avez tort. Pas Margaret. C'est risible. (Il se tut un instant mais ne rit pas.) Margaret est une honnête femme. Elle enseigne le catéchisme au temple protestant en bas de la rue.

« Inutile d'insister », pensa Burden. Si elle n'était pas encore rentrée par le dernier train ou le dernier bus en gare de Kingsmarkham, d'autres que lui se chargeraient alors de poser des questions, de fouiller dans sa vie, que cela lui plaise ou non.

— J'imagine que vous avez inspecté toute la maison ? demanda-t-il.

Il passait en voiture deux fois par jour dans cette rue mais il n'arrivait pas à se souvenir si la maison avait deux ou trois étages. Son cerveau de policier essayait de reconstituer l'image rétinienne sur son œil de policier. « Une baie vitrée en bas, deux fenêtres fixes à guillotine à l'étage — et... oui, deux autres plus petites au-dessus, juste sous le toit en ardoise. Une vilaine maison », conclut-il, « vilaine et menaçante ».

— J'ai regardé dans les chambres, dit Parsons.

Il cessa d'arpenter la pièce et pendant un instant l'espoir redonna couleur à ses joues que la peur fit pâlir à nouveau lorsqu'il demanda :

— Vous croyez qu'elle pourrait être là-haut dans le grenier ? Évanouie peut-être ?

« Elle n'y serait certainement plus si elle avait eu un simple malaise », pensa Burden. « Une hémorragie cérébrale, oui, ou un accident de ce genre. »

— Nous devrions aller voir, dit-il à voix haute. Je pensais que vous aviez regardé.

— J'ai appelé. On monte rarement là-haut. On n'utilise pas les pièces.

— Venez, ordonna Burden.

La lumière dans l'entrée était encore plus faible que celle de la salle à manger. La petite ampoule projetait une pâle lueur sur la trame rosâtre du chemin d'escalier et sur le faux parquet en lino marron imitant des lattes de plancher. Parsons s'engagea dans les escaliers raides, suivi de Burden. La maison était plutôt imposante mais les matériaux utilisés étaient de médiocre qualité et l'exécution malhabile. Quatre portes s'ouvraient sur le palier du premier étage ; elles étaient lambrissées mais dépourvues de baguettes décoratives, ce qui leur donnait un aspect fragile. Les minces rectangles de contreplaqué dans leur encadrement lui faisaient penser aux fenêtres condamnées et aveugles qu'on voit parfois sur les côtés des vieilles maisons.

— Je viens de regarder dans les chambres, annonça Parsons. Juste ciel, elle est peut-être étendue là-haut sans pouvoir bouger !

Il fit un geste pour indiquer l'étroit escalier sans tapis et Burden ne put s'empêcher de remarquer qu'il s'était exclamé « juste ciel ! », alors que d'autres auraient probablement dit plus simplement « Seigneur ! » ou « mon dieu ! »

— Je viens juste de me rappeler qu'il n'y a pas d'ampoule dans les lampes du grenier. (Parsons alla dans la chambre de devant et dévissa l'ampoule du plafonnier.) Attention où vous mettez les pieds, prévint-il.

Il faisait noir comme dans un four dans les escaliers. Burden ouvrit en grand la porte qui se trouvait en face de lui. À ce moment-là, il s'attendait à la trouver étendue par terre et il voulait en finir le plus vite possible avec cette triste découverte. Pendant qu'il montait les escaliers, il imaginait l'expression de

Wexford lorsqu'il lui annoncerait qu'elle avait été là pendant tout ce temps.

Un souffle glacial et humide s'échappa du grenier, un air froid où se mêlait une odeur de camphre. La pièce était en partie meublée. Burden parvint seulement à deviner la forme d'un lit vers lequel Parsons se dirigea d'un pas hésitant. Il monta sur le jeté de lit en coton pour visser l'ampoule dans la douille de la lampe. Pareille à celles de l'étage inférieur, elle ne donna qu'un pauvre éclairage. La lumière s'échappait faiblement d'un abat-jour perforé d'un tas de trous minuscules qui dessinaient des milliers de points jaunâtres sur le plafond et sur les murs suintant d'humidité. Il n'y avait pas de rideaux à la fenêtre. La lumière vive et froide de la lune plongea dans le rectangle sombre puis disparut aussi vite sous les indentations d'un nuage.

— Elle n'est pas là, dit Parsons.

Ses chaussures avaient laissé des traces poussiéreuses sur l'étoffe blanche qui recouvrait le bois de lit comme un linceul.

Burden souleva l'un des coins et regarda sous le lit, l'unique meuble de la pièce.

— Allons voir dans l'autre mansarde, suggéra-t-il.

Une fois encore Parsons accomplit avec une lenteur exaspérante les gestes laborieux pour retirer l'ampoule électrique. Désormais, seule la lueur froide provenant de la fenêtre éclairait le passage vers le deuxième grenier. Quoique plus petit, il était plus encombré. Burden ouvrit un placard et souleva le couvercle de deux malles. Il voyait Parsons qui le fixait, imaginant peut-être tout ce qu'une malle était susceptible de renfermer. Mais celles-ci ne contenaient que des livres, de vieux livres comme ceux qu'on trouve parfois sur les éventaires extérieurs des librairies d'occasion.

Le placard était vide et le papier qui recouvrait le mur à l'intérieur était en lambeaux, mais il n'y avait pas d'araignées. Mrs Parsons était vraiment une parfaite femme d'intérieur.

— Il est 22 h 30, indiqua Burden, lorgnant vers sa montre. Le dernier train n'arrive pas avant 1 heure du matin. Elle pourrait être dans celui-là.

— Elle n'irait nulle part en train, affirma Parsons obstinément.

Ils redescendirent, s'arrêtant dans la chambre pour remettre l'ampoule électrique en place. Il y avait quelque chose de sinistre et d'inquiétant dans cette montée d'escaliers, et Burden songeait que cette sensation aurait très bien pu être dissipée grâce à une couche de peinture blanche et à un meilleur éclairage. En descendant, il pensa un instant à cette femme et à la vie qu'elle menait ici, s'affairant à ses tâches ménagères, essayant d'apporter un peu d'élégance dans ce décor en bois couleur de boue et ce hideux linoléum à rayures.

— Je ne sais pas quoi faire, dit Parsons.

Burden n'avait aucune envie de retourner dans la petite salle de séjour à l'imposant mobilier et où un peu de thé refroidissait au fond des deux tasses. À cette heure, sa femme Jean devait être rentrée du cinéma.

— Vous devriez essayer d'appeler ses amis de la paroisse, conseilla-t-il en se dirigeant vers la porte.

Si seulement Parsons savait le nombre de femmes dont on signalait la disparition à la police et le pourcentage infime d'entre elles que l'on retrouvait mortes dans un champ ou découpées en morceaux dans une malle...

— À cette heure de la nuit ?

Parsons avait l'air presque choqué, comme si les habitudes d'une vie ne devaient jamais être changées, la règle de ne déranger personne après 21 heures, jamais transgressée, même en cas de problème.

— Prenez deux aspirines et essayez de dormir un peu, suggéra Burden. S'il y a quoi que ce soit, vous pouvez me passer un coup de fil. Le poste de police est averti ; on ne peut rien faire de plus. Dès qu'il y a du nouveau, on vous appelle.

— Et demain matin ?

« S'il était une femme, ce serait le genre à me supplier de rester, pensa Burden. Il s'accrocherait à moi en gémissant : "Ne m'abandonnez pas !" »

— Je passerai en allant au poste.

Parsons ne referma sa porte que lorsque Burden eut parcouru la moitié de la rue. Celui-ci se retourna un instant et vit le visage pâle et décomposé de Parsons dans la faible lueur que projetait la lumière de l'entrée sur l'escalier en cuivre. Désolé de n'avoir pu lui apporter aucun réconfort, il lui fit un petit signe de la main.

Les rues étaient désertes, si calmes dans le silence presque palpable des nuits à la campagne. Peut-être était-elle à la gare à présent, traversant précipitamment le quai, descendant vivement les escaliers de bois, rassemblant dans son esprit les bribes d'alibi qu'elle avait concoctées. « Il avait intérêt à être bon », songea Burden, en se souvenant de cet homme assis sur des charbons ardents, attendant de basculer dans l'espoir ou dans l'angoisse.

Il fit un détour et marcha jusqu'au coin de Tabard Road pour regarder dans High Street. De là, il pouvait voir le début de Stowerton Road où les dernières voitures quittaient la cour d'entrée de l'*Olive and Dove*. La place du marché était déserte ; seul un couple d'amoureux se tenait sur le pont de Kingsbrook. Il vit le bus de Stowerton apparaître à l'horizon entre les pins écossais, puis disparaître à nouveau dans une déclivité de la route après le pont. Main dans la main, les amoureux se mirent à courir jusqu'à l'arrêt de bus au centre de la place du marché, lorsqu'ils virent le car se ranger le long des parcs à bestiaux délabrés. Personne n'en descendit. Burden soupira et rentra chez lui.

— Elle n'est pas rentrée, dit-il à sa femme.

— C'est vraiment curieux, tu sais, Mike. J'aurais juré qu'elle était la dernière personne à s'enfuir avec un homme.

— Pas terrible à regarder ?

— Ça n'est pas vraiment ça, rectifia Jean. Elle avait l'air si — euh, respectable. Des chaussures à talons plats, pas de maquillage, une permanente bien sage avec des pinces dans les cheveux. Tu vois ce que je veux dire. Tu l'as sûrement déjà vue.

— C'est possible. Je ne m'en souviens pas.

— Mais je ne dirais pas qu'elle est quelconque. Elle a un drôle de visage un peu désuet, le genre de visage qu'on voit dans les vieux albums de famille. Tu ne la trouverais peut-être pas belle, Mike, mais tu n'oublierais pas son visage.

— Pourtant, je l'ai oublié, répondit-il.

Il cessa de penser à Mrs Parsons et demanda à sa femme de lui raconter la fin du film.

2

Et un matin l'oiselle ne se blottit pas dans son nid,
Ne revint pas l'après-midi, ni le lendemain,
Et ne réapparut plus jamais.

Walt Whitman,
The Brown Bird.

Burden avait l'habitude de ce genre de crise et cela ne l'empêchait jamais de s'endormir. En déménageant de Brighton pour venir s'installer dans cette petite ville commerçante, il avait eu peur de s'ennuyer ; mais même ici les inspecteurs restaient rarement oisifs.

Il fut réveillé par le téléphone à 7 heures.

— Ronald Parsons à l'appareil. Elle n'est pas rentrée. Et puis, Mr Burden — elle n'a pas pris de manteau.

C'était la fin d'un mois de mai qui avait été traversé de bourrasques de vent froid. Un air vif agita les rideaux de sa chambre. Il se redressa dans son lit.

— Vous êtes sûr ?

— Je ne pouvais pas dormir alors j'ai commencé à passer en revue ses vêtements et je suis certain qu'elle n'a pas pris de manteau. Elle n'en a que trois : un imperméable, un manteau d'hiver et un vieux pardessus qu'elle met pour faire le jardin.

Burden lui demanda si elle n'avait pas mis un tailleur.

— Elle ne possède qu'une seule tenue. (Ce mot un peu désuet convenait bien dans la bouche de Parsons.) Elle est dans sa penderie. Je crois qu'elle a dû mettre sa nouvelle robe en coton. (Il se tut un instant pour s'éclaircir la gorge avant d'ajouter :) Elle vient juste de la finir.

— J'enfile un pantalon et je passe vous prendre dans une demi-heure. Nous irons ensemble au poste de police.

Parsons était rasé et habillé, ses petits yeux agrandis par la peur. Les tasses qu'ils avaient utilisées le soir précédent venaient d'être lavées et séchaient sur un égouttoir bricolé avec un assemblage de baguettes de bois. Burden s'étonnait de cette tenace habitude de la respectabilité qui, à un moment critique de sa vie, poussait cet homme à se faire beau et à tenir sa maison impeccable.

Burden ne pouvait s'empêcher de balayer du regard cette petite cuisine minable, avec son évier en pierre dans le coin, sa vieille cuisinière à gaz sur pieds et la table où des pinces maintenaient une nappe de coton vert. Il n'y avait ni machine à laver ni réfrigérateur. Sur le mur, une rouille brune rongeait inéluctablement la peinture qui s'écaillait et donnait une impression de saleté. Ce n'est qu'en scrutant attentivement autour de lui, lorsqu'il sentit que les yeux de Parsons ne le fixaient plus, que Burden se rendit compte que tout était fanatiquement, pathétiquement propre.

— Vous êtes prêt ? demanda-t-il.

Parsons ferma la porte de derrière avec une énorme clef. Il se cogna la main contre des carreaux tachetés et tout craquelés.

— Vous avez la photo ?

— Dans ma poche.

En traversant la salle à manger, il remarqua à nouveau les livres. Les titres des couvertures rouges, jaunes et noires l'agressèrent. À présent que le soleil s'était levé et que Mrs Parsons n'avait toujours pas reparu, Burden commençait à fabuler et à se demander si Tabard Road n'allait pas rejoindre Hilldrop

Crescent et Rillington Place dans la chronique des rues mal famées.

Retrouverait-on un jour le récit de la disparition de Margaret Parsons sous une autre de ces couvertures de roman où le visage scrutateur de son compagnon émergerait du frontispice ? Le visage d'un meurtrier est celui d'un homme ordinaire, mais cela serait tellement moins terrifiant si le tueur exhibait à la face du monde le signe de Caïn ! Et Parsons ? Il aurait pu la tuer, il avait été à bonne école. Ses lectures en témoignaient. Burden songea toutefois qu'il y avait un abîme entre la théorie et la pratique. Il écarta ces pensées fantaisistes et suivit Parsons vers la porte.

Kingsmarkham était réveillée et commençait à s'affairer. Les magasins n'étaient pas encore ouverts mais les bus circulaient depuis déjà deux heures. Par instants, le soleil projetait ses rayons en un scintillement aquatique, puis disparaissait à nouveau derrière d'épais nuages blancs ou d'autres bleuâtres gonflés de pluie. La file d'attente à l'arrêt d'autobus s'étirait presque jusqu'au pont ; des hommes se pressaient vers la gare, seuls ou par deux, coiffés de chapeaux melon et prudemment armés de parapluies, imperturbables à l'idée de l'heure de trajet inéluctable qui les attendait.

Burden s'arrêta au carrefour et attendit qu'un tracteur orange eût traversé la rue principale.

— La vie continue comme si de rien n'était, soupira Parsons.

— C'est aussi bien, assura Burden en tournant à gauche, ça aide à dédramatiser.

Le poste de police se dressait, comme il convient, aux abords de la ville, tel un bastion ou un avertissement. Il était flambant neuf, tout blanc et carré comme une boîte de chocolats, et Burden se disait, fort peu à propos d'ailleurs, qu'il avait vraiment l'air bien emballé dans ses couleurs de papier cadeaux. Adossé à la voûte gigantesque des ormes centenaires, à quelques pas seulement de la dernière maison

Régency, il exhibait sa blancheur et son éclat, objet voyant et de mauvais goût dans un décor pastoral.

L'achèvement du bâtiment avait coïncidé avec la mutation de Burden à Kingsmarkham, mais le policier n'avait jamais vraiment réussi à s'y faire. Il guetta la réaction de Parsons en franchissant l'entrée. Allait-il manifester de la peur ou seulement la prudence d'un citoyen ordinaire ? En fait, il avait l'air simplement intimidé.

Ce n'était pas la première fois que cet endroit agaçait Burden. Les gens s'attendaient à un intérieur en pitchpin et lino, à un épais revêtement mural et des couloirs qui résonnent. Ce qui était à la fois plus impressionnant pour le criminel et plus réconfortant pour l'innocent. Ici au contraire, le marbre et le carrelage, dont les motifs irréguliers ressemblaient à des giclées de pétrole, le tableau d'affichage pour les notes de service, le comptoir noir qui traversait la moitié du hall en une immense parabole, suggéraient que l'ordre et l'harmonie des motifs devaient régner par-dessus tout. On aurait dit que le destin individuel des hommes et des femmes qui passaient les portes battantes avait moins d'importance que les dossiers impeccables de l'inspecteur-chef Wexford.

Il laissa Parsons hébété entre un immense caoutchouc et un fauteuil en forme de cuillère, au siège spongieux et rouge comme du sirop. « C'est idiot », pensa-t-il en frappant à la porte de Wexford, « de construire une pareille boîte à malice en béton au milieu des calmes résidences de High Street ». Wexford lui cria d'entrer et il ouvrit la porte.

— Mr Parsons est là, monsieur.

— Parfait, faites-le entrer, dit Wexford en regardant sa montre.

Il était plus grand que Burden, costaud sans être gros, cinquante-deux ans, le type même de l'acteur dans le rôle d'un fonctionnaire de police. Il était né dans les hauts quartiers de Pomfret et avait vécu la plus grande partie de sa vie dans ce coin du Sussex ; à ce titre, il connaissait et la plupart des gens et le district suffisamment bien pour que la carte épinglée sur le mur jaune bouton-d'or ne serve plus que de simple décoration. Parsons était nerveux en entrant. Il avait un air sournois et circonspect, un peu méfiant, comme s'il savait que sa fierté allait être blessée et qu'il allait devoir la défendre.

— Je comprends que vous soyez inquiet, dit Wexford. (Il parlait sans accentuer aucun mot en particulier, la voix égale et assurée.) L'inspecteur Burden me dit que vous n'avez pas vu votre femme depuis hier matin.

— C'est exact. (Il sortit la photo de sa femme de sa poche et la posa sur le bureau de Wexford.) C'est elle, c'est Margaret. (Il désigna Burden d'un signe de tête.) Il m'a dit que vous voudriez la voir.

La jeune femme de la photo portait un chemisier de coton et une jupe ample ; elle se tenait toute droite, les bras raides de chaque côté du corps, dans le jardin des Parsons. Le visage en plein soleil, elle arborait un large sourire forcé ; elle avait l'air agité, ou plutôt essoufflé, comme si elle avait été tirée de quelque banale tâche ménagère — la lessive peut-être —, avait jeté son tablier, essuyé ses mains et descendu le chemin en courant vers son mari qui l'attendait avec son appareil photo.

Elle plissait les yeux et avait des joues replètes ; elle était peut-être vraiment en train de dire « Cheese ! » Il n'y avait là rien qui rappelât le camée délicat que la description de Jean avait suggéré.

Wexford la regarda et demanda :

— C'est la meilleure que vous ayez ?

Parsons couvrit l'image de sa main comme si elle avait été désacralisée.

On eût dit qu'il allait exploser de colère, mais se contenta de dire :

— Nous n'avons pas l'habitude de nous faire photographier.

— Pas de passeport ?

— Je n'ai pas les moyens de voyager à l'étranger.

Parsons avait parlé avec amertume. Il jeta un

regard rapide sur les stores vénitiens, sur le minuscule bout de tapis de corde et le fauteuil en tweed mauve de Wexford, comme si ces objets étaient le signe d'une fortune personnelle plutôt que le mobilier fourni par l'administration compétente.

— J'aimerais que vous me décriviez votre femme, Mr Parsons, demanda Wexford. Voulez-vous vous asseoir ?

Burden appela le jeune Gates pour qu'il tape la déposition de Parsons sur la petite machine à écrire grise.

Parsons s'assit. Il commença à parler lentement, honteusement, comme si on lui avait demandé de dévoiler la nudité de sa femme.

— Elle a les cheveux blonds. Des cheveux blonds bouclés et des yeux bleu très clair. Elle est jolie. (Il regarda Wexford avec une expression de défi et Burden se demanda s'il s'était rendu compte que la photo donnait l'image de quelqu'un de mal fagoté.) Moi, je la trouve jolie. Elle a le front haut. (Il toucha son propre front qu'il avait bas et étroit.) Elle n'est pas très grande, environ un mètre cinquante-cinq, cinquante-six.

Wexford continuait de regarder la photo.

— Mince ? Bien faite ?

Parsons s'agita sur sa chaise.

— Bien faite, je suppose. (Une rougeur de gêne vint colorer la pâleur de son visage.) Elle a trente ans. Elle les a eus il y a quelques mois, en mars.

— Comment était-elle habillée ?

— Une robe verte et blanche. C'est-à-dire, blanche avec des fleurs vertes imprimées, et un gilet jaune. Oh, et des sandales. Elle ne porte jamais de bas en été.

— Un sac à main ?

— Elle ne prend jamais de sac à main. Elle ne fume pas et ne se maquille pas, vous savez. Cela ne lui servirait à rien d'avoir un sac. Elle n'a que son porte-monnaie et sa clef.

— Aucun signe particulier ?

— Cicatrice de l'appendicite, répondit Parsons en rougissant de nouveau.

Gates retira la feuille de la machine à écrire et Wexford la regarda un instant avant de demander :

— Parlez-moi d'hier matin, Mr Parsons. Comment vous a semblé votre femme ? Énervée ? Inquiète ?

Parsons laissa retomber ses mains sur ses genoux écartés en un geste de désespoir ; de désespoir et d'exaspération.

— Elle était comme d'habitude, affirma-t-il. Je n'ai rien remarqué. Vous savez, ce n'était pas une femme émotive. (Il regarda ses chaussures et répéta :) Elle était comme d'habitude.

— De quoi avez-vous parlé ?

— Je ne sais pas. Du temps. On ne parlait pas beaucoup. Je dois partir travailler à 8 h 30 — je travaille à la Compagnie des Eaux du Sud à Stowerton. J'ai dit que c'était une belle journée et elle a répondu qu'il faisait trop clair, qu'il allait pleuvoir ; trop beau pour durer. Et elle avait raison. Il a plu ; il est tombé des cordes toute la matinée.

— Et vous êtes allé travailler. Comment ? En bus, en train, en voiture ?

— Je n'ai pas de voiture...

On eût dit qu'il allait énumérer toutes les autres choses qu'il n'avait pas. Wexford reprit vivement :

— En bus, alors ?

— Je prends toujours celui de 8 h 37 sur la place du marché. Je lui ai dit au revoir. Elle ne m'a pas accompagné à la porte. Mais ça ne veut rien dire. D'ailleurs, elle ne le fait jamais. Elle faisait la vaisselle.

— Est-ce qu'elle vous a dit ce qu'elle avait l'intention de faire de sa journée ?

— Les choses habituelles, je suppose ; les courses, le ménage. Vous voyez bien, le genre de choses que font les femmes. (Il se tut un instant puis reprit soudain :) Écoutez, ce n'est pas le genre à se suicider. Ne vous mettez pas ça en tête. Margaret ne ferait jamais ça. Elle est croyante.

— D'accord, Mr Parsons. Calmez-vous et ne vous inquiétez pas. Nous ferons tout notre possible pour la retrouver.

Wexford réfléchissait ; le mécontentement se lisait sur son visage et Parsons eut l'air d'interpréter cela en conséquence. Il se leva d'un bond en tremblant.

— Je sais ce que vous pensez, cria-t-il. Vous croyez que je me suis débarrassé d'elle. Je sais bien comment vous fonctionnez. J'ai tout lu là-dessus.

Burden s'empressa d'intervenir pour tenter de calmer les choses.

— Mr Parsons étudie le crime, monsieur.

— Le crime ? s'étonna Wexford en levant les sourcils. Quel crime ?

— Une voiture va vous reconduire chez vous, dit Burden. À votre place, je prendrais ma journée. Demandez à votre médecin qu'il vous donne quelque chose pour dormir.

Parsons sortit d'un pas saccadé, marchant comme un paraplégique, et Burden le regarda par la fenêtre monter dans la voiture à côté de Gates. Les magasins commençaient à ouvrir et le marchand de fruits de l'autre côté de la rue était en train de baisser ses stores en prévision d'une journée ensoleillée. Si cela avait été un mercredi ordinaire, pensait Burden, Margaret Parsons serait peut-être en ce moment agenouillée sous le soleil en train d'astiquer cet escalier étincelant devant sa maison, ou d'ouvrir les fenêtres pour aérer un peu ces pièces qui sentaient le renfermé. Où était-elle ? En train de se promener au bras de son amant ou étendue dans un repos plus éternel ?

— Elle a filé, Mike, dit Wexford. C'est ce que disait mon vieux père quand une femme quittait le domicile conjugal. Une fugueuse, voilà ce qu'elle est. Enfin, mieux vaut faire une enquête de routine. Vous pouvez vous en charger vous-même puisque vous la connaissiez de vue.

Burden ramassa la photographie et la mit dans sa poche. Il alla d'abord à la gare, mais le contrôleur et les employés des guichets assurèrent qu'ils n'avaient pas vu Mrs Parsons. En revanche, la femme qui tenait la maison de la presse la reconnut sans hésiter d'après la photo.

— C'est drôle, dit-elle, Mrs Parsons vient toujours payer ses journaux le mardi. Hier, on était mardi, mais je suis sûre que je ne l'ai pas vue. Attendez une minute, c'est mon mari qui était là l'après-midi. Georges, viens voir une seconde !

Le propriétaire de la boutique arriva du côté qui donnait sur la rue. Il ouvrit son livre de commandes et parcourut d'un doigt l'une des pages.

— Non, dit-il, elle n'est pas venue. La dernière note n'a pas encore été payée. (Il observa Burden avec curiosité, avide d'explications.) C'est curieux ça, d'ailleurs, elle paie toujours rubis sur l'ongle.

Burden retourna dans High Street afin de commencer son enquête par les magasins. Il entra au supermarché et se dirigea droit vers une caissière nonchalamment appuyée sur sa caisse, bercée par une musique de fond aseptisée. À la vue de la photo que lui montrait Burden, elle sembla revenir soudain à la réalité.

En effet, elle connaissait Mrs Parsons de nom et de vue ; c'était une bonne cliente et elle était venue la veille, comme d'habitude.

— Il était environ 10 h 30, assura-t-elle. Toujours à la même heure.

— Est-ce qu'elle vous a parlé ? Pouvez-vous vous rappeler ce qu'elle a dit ?

— Là, vous en demandez beaucoup. Attendez une minute, c'est en train de me revenir. J'ai dit que c'était un problème, qu'on savait jamais quoi leur donner à manger, et elle a dit que c'était bien vrai, qu'on pouvait pas se contenter de salade quand il pleuvait. Elle a dit qu'elle avait des côtelettes et qu'elle allait les faire panées, et quand j'ai fait mine de regarder dans son panier elle a dit qu'elle les avait achetées lundi.

— Est-ce que vous vous souvenez de ce qu'elle portait ? Une robe verte en coton, un gilet jaune ?

— Oh non, pas du tout. Tous les clients avaient des imperméables hier matin. Tiens, ça me rappelle quelque chose. Elle a dit : « Mince, il pleut à verse. » Je m'en souviens à cause de sa façon de dire « mince », comme une gamine. Elle a dit : « Il va falloir que je trouve quelque chose à me mettre sur la tête », alors j'ai dit : « on a des capuches en promotion si vous voulez ? » Elle a dit qu'elle trouvait ça malheureux de devoir acheter une capuche en plein mois de mai. Finalement elle en a pris une. J'en suis sûre parce que j'ai dû l'enregistrer séparément. J'avais déjà encaissé ses courses.

Elle quitta sa caisse pour aller montrer à Burden un tas de foulards transparents en vrac, roses, bleus, abricot et blancs.

— Ils ne protègent pas vraiment de la pluie, confia-t-elle, pas quand il tombe des cordes en tout cas. Mais c'est plus joli qu'une capuche en plastique. Plus séduisant. Elle en a pris un rose. Je lui ai fait remarquer qu'il allait très bien avec son pull rose.

— Merci beaucoup de votre aide, la remercia Burden.

Il se rendit ensuite dans les magasins situés entre le supermarché et Tabard Road, mais personne ne se souvenait avoir vu Mrs Parsons. Ses voisins avaient l'air surpris et désemparés. Mrs Johnson l'avait vue sortir peu après 10 heures et rentrer à 10 h 45. Puis vers midi environ, elle était dans sa cuisine et avait vu Mrs Parsons sortir dans le jardin pour accrocher deux paires de chaussettes sur le fil. Une demi-heure plus tard, elle avait entendu la porte des Parsons s'ouvrir puis se refermer doucement. Mais cela ne voulait rien dire. Le laitier passait toujours tard, ils s'en étaient plaints d'ailleurs, et il est possible qu'elle ait tout simplement passé la main sous le porche pour récupérer les bouteilles de lait.

Cet après-midi-là, il y avait eu une vente aux enchères à la salle des ventes située au coin de

Tabard Road. Burden jura en son for intérieur car cela signifiait que les voitures avaient stationné en double file dans toute la rue. Quiconque aurait regardé depuis ses fenêtres du rez-de-chaussée au cours de l'après-midi n'aurait pu voir de l'autre côté de la rue que cette rangée de voitures garées pare-chocs contre pare-chocs.

Il tenta sa chance à la gare des bus, se renseigna frénétiquement dans les sociétés de location de voitures et finit par revenir complètement bredouille. Animé d'un mauvais pressentiment, il retourna lentement au poste de police. La thèse du suicide semblait devoir être définitivement écartée. On ne bavarde pas gaiement des côtelettes que l'on va préparer à son mari pour le dîner quand on a l'intention de se suicider, et on ne s'enfuit pas non plus pour retrouver son amant, sans manteau ni sac à main.

Pendant ce temps, Wexford avait fouillé la maison des Parsons de fond en comble, depuis la hideuse petite cuisine jusqu'aux deux mansardes. Dans l'un des tiroirs de la commode de Mrs Parsons, il avait trouvé deux chemises de nuit en dentelle, vieillottes et passées mais soigneusement pliées, une autre en coton imprimé et dans le lit conjugal, sous l'oreiller qui se trouvait le plus près du mur, une quatrième, froissée, et qui n'avait probablement été portée que deux nuits. Parsons affirma que sa femme n'avait pas d'autre chemise de nuit, et sa robe de chambre, faite d'un doux tissu bleu rehaussé d'un galon bleu plus foncé, pendait toujours à un crochet fixé à la porte de la chambre. Elle n'avait pas de peignoir d'été et Wexford trouva la seule paire de pantoufles qu'elle possédait soigneusement emballée dans un placard de la salle à manger.

Il semblait que Parsons avait eu raison au sujet du porte-monnaie et de la clef. On ne les trouvait nulle part. En hiver, la maison n'était chauffée que par les deux cheminées et l'eau par un chauffe-eau électrique. Wexford demanda à Gates d'examiner le foyer des cheminées et de fouiller dans la poubelle, vidée le lundi par le service de nettoyage municipal de Kingsmarkham, mais il ne trouva aucune trace de cendres. Dans la salle à manger, l'âtre était recouvert d'une feuille de papier journal légèrement salie de suie qui portait la date du 15 avril.

Parsons déclara avoir donné à sa femme cinq livres sterling pour les courses le jeudi précédent. D'après lui, elle n'avait fait aucune économie sur l'argent des autres semaines. En fouinant dans le placard de la cuisine, Gates découvrit deux billets roulés dans une boîte de cacao vide posée sur l'une des étagères. Si Mrs Parsons n'avait touché que cinq livres jeudi et avait fait des courses, sur cet argent, pour quatre ou cinq jours laissant deux livres pour le reste de la semaine, il était évident que la bourse manquante devait contenir quelques shillings tout au plus.

Wexford avait espéré trouver un journal intime, un carnet d'adresses ou une lettre qui aurait pu l'aider. Un porte-lettres en cuivre fixé au mur de la salle à manger à côté de la cheminée ne contenait qu'une facture de charbon, une publicité pour l'installation du chauffage central (après tout, Mrs Parsons avait peut-être ses rêves à elle ?), deux bons de réduction pour du savon et un devis pour la réfection d'une partie du mur de la cuisine rongé par l'humidité.

— Votre femme n'avait aucune famille, Mr Parsons ? demanda Wexford.

— Seulement moi. Nous nous suffisions à nous-mêmes, Margaret ne se liait pas... ne se lie pas facilement. J'ai été élevé dans un orphelinat, et quand elle a perdu sa mère, Margaret est venue vivre chez une tante qui est morte alors qu'on était fiancés.

— Où était-ce, Mr Parsons ? Je veux dire, l'endroit où vous vous êtes rencontrés.

— À Londres, Balham. Margaret enseignait dans une école primaire et je louais une chambre dans la maison de sa tante.

Wexford soupira. Balham ! Le filet s'élargissait encore. Tout de même, on ne fait pas plus de soixante kilomètres sans manteau ou sac à main. Il décida d'oublier Balham pour l'instant.

— Je présume que personne n'a appelé votre femme lundi soir ? Est-ce qu'elle a reçu du courrier hier matin ?

— Personne n'a téléphoné, personne n'est venu et il n'y avait pas de courrier. (Parsons avait l'air fier du vide de son existence, comme si cela constituait la preuve de sa respectabilité.) Nous étions assis là à bavarder. Margaret tricotait et moi je crois que je faisais des mots croisés, pendant ce temps. (Il ouvrit le placard où se trouvaient les pantoufles et prit sur l'étagère du haut un tricot bleu monté sur quatre aiguilles.) Je me demande s'il sera jamais fini, ajouta-t-il.

Ses doigts se crispèrent sur la pelote de laine, et il serra les aiguilles dans la paume de sa main.

— Soyez sans crainte, assura Wexford qui essayait de se montrer cordial et optimiste, on va la retrouver.

— Si vous en avez fini avec les chambres, je crois que je vais retourner m'étendre. Le docteur m'a donné quelque chose pour me faire dormir.

Wexford envoya tous ses hommes disponibles inspecter les maisons vides de Kingsmarkham et ses environs, les champs encore vierges qui s'étendaient entre High Street et Kingsbrook Road, et comme l'après-midi arrivait, ils finirent à Kingsbrook même. Ils attendirent la fermeture des magasins pour effectuer les opérations de draguage afin que les gens soient rentrés chez eux, mais une foule se rassembla malgré tout sur le pont pour scruter depuis le parapet les hommes qui sondaient le fleuve. Wexford haïssait ce genre de curiosité morbide, cette attirance pour les visions d'horreur à peine masquée sous une expression de compassion choquée ; il les foudroyait du regard et les exhortait de quitter le pont, mais ils semblaient inexorablement attirés et revenaient par groupes de deux ou trois. Enfin, au crépuscule, lorsque les hommes eurent exploré le fleuve loin vers le nord et vers le sud de la ville, il ordonna la fin des recherches.

Pendant ce temps, Ronald Parsons, abruti par les somnifères, s'était endormi sur son matelas défoncé. Pour la première fois en six mois, la poussière avait commencé à s'installer sur la coiffeuse, sur la tablette en fer de la cheminée et sur le sol en lino.

3

Là ses membres froids
Se raidissent,
Doucement, avec bonté,
Disposez-les,
Et ses yeux,
fixes et aveugles,
Fermez-les !

Thomas Hood,
The Bridge of Sighs.

Le jeudi matin, le livreur inexpérimenté d'un boulanger passa à la ferme d'un certain Prewett, sur la route principale qui mène de Kingsmarkham à Pomfret. Comme il n'y avait personne alentour, il laissa un gros pain blanc et un pain bis plus petit sur le rebord d'une fenêtre avant de retourner à sa camionnette, laissant la grille ouverte derrière lui.

À ce moment-là, une vache donna un coup de tête dans la barrière qui s'ouvrit en grand. Le reste du troupeau, environ une douzaine de bêtes, suivit le mouvement et se mit à vagabonder le long du chemin. Heureusement pour Mr Prewett (car la route vers laquelle elles se dirigeaient était sans limitation de vitesse), leur attention fut distraite par quelques massifs de chardons qui bordaient un petit bois. Elles piétinèrent pesamment, l'une après l'autre, l'herbe du bas-côté, broutant les chardons au passage, et, peu à peu, pénétrèrent dans les bosquets. Les ronces étaient denses et le bois sombre. À cet endroit, les chardons et la délicieuse herbe humide avaient disparu. Prisonnières et effrayées, les vaches restèrent immobiles à meugler désespérément.

Ce fut dans ce bois que le vacher de Prewett les trouva à 13 h 30, à côté du corps de Mrs Parsons.

À 14 heures, Wexford et Burden étaient arrivés dans la voiture de ce dernier, tandis que Bryant et Gates amenaient le Dr Crocker, accompagné de deux hommes munis d'appareils-photos. Prewett et son employé Bysouth, tout à fait au courant de l'attitude à adopter grâce aux séries télévisées, n'avaient touché à rien, et Margaret Parsons gisait telle que Bysouth l'avait trouvée, informe et trempée, un gilet jaune recouvrant sa tête.

Burden écarta les branches pour se frayer un passage et il s'avança avec Wexford jusque près du corps. Mrs Parsons était étendue contre le tronc d'une aubépine qui faisait près de deux mètres cinquante de haut. Les branches poussaient vers le bas, semblables à des baleines de parapluie, et formaient un abri naturel presque totalement clos qui ressemblait à un igloo.

Wexford se pencha et souleva doucement le gilet. L'encolure de la robe était plus échancrée dans le dos. Un cercle violet dessinait sur sa peau comme un mince ruban noué autour de son cou. Burden observait le visage, dont les yeux bleus semblaient le regarder fixement. Un visage désuet, avait dit Jean, un visage qu'on n'oubliait pas. Mais il finirait par oublier, comme il les oubliait tous. Personne ne dit rien. Le corps fut photographié sous plusieurs angles et le médecin examina le cou et le visage enflé. Puis il lui ferma les yeux et Margaret Parsons cessa de les regarder.

— Eh bien, dit Wexford en secouant la tête lentement.

Après tout, il n'y avait rien d'autre à dire.

Au bout d'un moment, il s'agenouilla et fouilla dans les feuilles mortes. L'espace sous la voûte de fines branches recourbées était étroit et désagréable mais sans aucune odeur. Wexford souleva le corps par les bras et le retourna, à la recherche d'un porte-monnaie et d'une clef. Burden vit qu'il ramassait quelque chose. C'était une allumette à moitié consumée.

Ils sortirent de la tente d'aubépine pour retrouver un jour relativement clair et Wexford demanda à Bysouth :

— Depuis combien de temps est-ce que les vaches sont là ?

— Ça fait ben trois heures, m'sieur, si c'est pas plus.

Wexford regarda Burden d'un air entendu. La terre du sous-bois était complètement piétinée et les quelques endroits épargnés étaient couverts de bouse de vache. Si un match de catch s'était déroulé dans ce bois avant le petit déjeuner, il n'en restait aucune trace à l'heure du déjeuner après le passage des vaches de Prewett ; un match de catch ou une lutte entre un assassin et une femme terrifiée. Wexford chargea Bryant et Gates d'explorer le fouillis de ronces envahies de moucherons tandis que lui et Burden retournaient à la voiture avec le fermier.

Mr Prewett était ce qu'on peut appeler un « gentleman farmer » et ses bottes de cheval bien cirées, désormais quelque peu éclaboussées, ne servaient qu'à faire état de son occupation. Les pièces de cuir aux coudes de sa veste cintrée couleur tabac avaient visiblement été cousues par un tailleur à façon.

— Qui utilise ce chemin, monsieur ?

— J'ai un troupeau de vaches jersiaises dans le pré de l'autre côté de la route de Pomfret, répondit Prewett avec un accent plutôt aristocratique que campagnard. Bysouth les emmène le matin et les ramène le soir par ce chemin. Et puis il arrive que le tracteur y passe aussi.

— Et pas de couples en train de flirter ?

— Une voiture de temps en temps, admit Prewett d'un air dégoûté. Bien sûr, c'est une voie privée. Tout aussi privée en fait que votre propre allée de garage, inspecteur-chef, mais personne ne respecte la propriété privée de nos jours. Je ne pense pas que les jeunes de la région viennent ici à pied avec leurs copines. Les champs sont beaucoup plus... disons, recommandables ? Il est certain que des voitures viennent ici. Une voiture garée sous ces branches pendantes peut demeurer complètement inaperçue la nuit même si quelqu'un passe juste à côté.

— Je me demandais si vous aviez remarqué des traces de pneus inhabituelles entre aujourd'hui et mardi ?

— Oh, voyons ! (Prewett, d'une main peu calleuse pour un homme de la terre, fit un geste en direction de l'entrée du chemin et Burden comprit ce qu'il voulait dire. Le chemin était couvert de traces de pneus ; c'étaient eux, en fait, qui avaient creusé une route.) Les tracteurs entrent et sortent par là, le bétail le piétine...

— Mais enfin, vous avez une voiture, vous aussi. Avec toutes ces allées et venues, c'est curieux que personne n'ait rien vu de bizarre.

— N'oubliez pas qu'on ne fait que passer sur ce chemin. Personne ne s'éternise dans le coin. Mes employés ont tous un travail à faire. Ce sont de bons gars qui font bien leur boulot. Quoi qu'il en soit, il faudra compter sans ma femme et moi-même : nous étions à Londres depuis lundi jusqu'à ce matin, et de toute façon, nous utilisons l'entrée principale la plupart du temps. Ce chemin est un raccourci, inspecteur-chef. C'est bien pour les tracteurs, mais ma voiture s'embourbe ici. (Il se tut puis ajouta sèchement :) Lorsque je suis en ville, je n'aime pas être pris pour un paysan aux mains calleuses.

Wexford examina lui-même le chemin et n'y trouva qu'un marécage de fossés profondément creusés où zigzaguaient des empreintes de tracteurs et de profonds trous ronds formés par les sabots des vaches. Il décida d'attendre que l'heure de la mort de Mrs Parsons ait été déterminée pour interroger les quatre employés de Prewett et l'étudiante en agronomie.

Burden retourna à Kingsmarkham pour annoncer la nouvelle à Parsons, puisqu'il le connaissait. Celui-ci ouvrit la porte dans une sorte de torpeur, avec des gestes de somnambule. Lorsque Burden lui dit, il se tenait debout, rigide, au milieu de la salle à manger où se trouvaient les épouvantables livres ; il ne dit rien mais ferma les yeux et vacilla sur ses jambes.

— Je vais aller chercher Mrs Johnson, dit Burden. Je vais lui demander de vous faire du thé.

Parsons se contenta d'acquiescer de la tête. Il tourna le dos et regarda fixement par la fenêtre. Burden vit avec horreur les deux paires de chaussettes toujours accrochées au fil.

— J'aimerais être seul un instant.

— Comme vous voudrez ; je lui dirai qu'elle vienne plus tard.

Le veuf piétina sur place dans ses chaussons kaki.

— Très bien, articula-t-il. Et merci. Vous êtes très gentil.

De retour au poste de police, Burden trouva Wexford assis à son bureau en train d'observer l'allumette brûlée. Celui-ci dit d'un air songeur :

— Vous savez, Mike, on dirait que quelqu'un l'a grattée pour mieux voir le corps. Cela signifie que la nuit était tombée. Quelqu'un l'a tenue jusqu'à ce qu'elle lui brûle les doigts.

— Bysouth ?

Wexford secoua la tête.

— Il faisait clair, suffisamment clair pour... tout voir. Non, la personne qui a gratté cette allumette voulait s'assurer qu'elle n'avait rien laissé de compromettant derrière elle. (Il fit glisser le petit morceau de bois carbonisé dans une enveloppe.) Comment Parsons a-t-il pris la chose ?

— Difficile à dire. C'est toujours un choc, même quand on s'y attend. Il est tellement abruti par ce que lui a donné le médecin qu'il n'a pas eu l'air de vraiment comprendre.

— Crocker est en train de faire l'autopsie. Enquête samedi à 10 heures.

— Est-ce que Crocker a pu déterminer l'heure de la mort ?

— Elle remonte à mardi. Mais ça, j'aurais pu lui dire. Elle a dû être tuée entre 12 h 30 et... à quelle heure avez-vous dit que Parsons vous avait appelé mardi soir ?

— À 19 h 30 précises. On s'apprêtait à aller au cinéma et je gardais l'œil sur ma montre.

— Entre 12 h 30 et 19 h 30, donc.

— J'ai une théorie là-dessus, si vous le permettez.

— Dites toujours. Moi, je n'en ai pas.

— Parsons a dit qu'il était rentré chez lui à 18 heures mais personne ne l'a vu. La première personne à apprendre qu'il était à la maison, c'est moi quand il m'a téléphoné à 19 h 30...

— Je vous écoute, mais demandez à Martin de nous apporter du thé avant de continuer.

Burden passa la tête par la porte, cria qu'on leur apporte du thé et reprit :

— Bon, supposons que Parsons soit le meurtrier. Pour autant que l'on sache, elle ne connaissait personne dans le coin et, comme vous dites toujours, le mari est le premier suspect. Supposons que Parsons ait donné rendez-vous à sa femme à la gare routière de Kingsmarkham.

— Pour quelle raison ?

— Il a pu lui dire qu'ils iraient dîner quelque part à Pomfret, ou faire un tour, ou en pique-nique... n'importe quoi !

— Vous avez pensé aux côtelettes, Mike ? Elle n'avait aucun rendez-vous quand elle parlait avec la caissière du supermarché.

— Il a pu lui téléphoner pendant son heure de déjeuner — le temps commençait à s'éclaircir à ce moment-là — et lui demander de prendre le bus de 17 h 50 pour aller dîner à Pomfret. Après tout, ils avaient peut-être l'habitude de manger à l'extérieur, contrairement à ce qu'il a affirmé.

Martin entra avec le thé et Wexford alla près de la fenêtre, sa tasse à la main, pour regarder dans High

Street. La lumière vive du soleil lui fit plisser les yeux et il tira la cordelette du store, fermant à moitié les lamelles.

— Le bus de Stowerton ne va pas à Pomfret, objecta-t-il. Pas celui de 17 h 35. Kingsmarkham est le terminus.

Burden sortit une feuille de papier de sa poche.

— En effet, mais celui de 17 h 32 y va. De Stowerton à Pomfret, via Forby et Kingsmarkham. (Il se concentra sur les chiffres qu'il venait d'inscrire.) Voilà mon idée : Parsons téléphone à sa femme à l'heure du déjeuner et lui demande de prendre le bus de Stowerton qui arrive à Kingsmarkham à 17 h 50, deux minutes avant l'autre bus qui rentre au garage. Et il aurait pu prendre ce bus-là s'il avait quitté son travail une minute ou deux plus tôt.

— Vous allez devoir vérifier cela, Mike.

— En tout cas, Mrs Parsons attrape son bus. Il passe à Forby à 18 h 01 et arrive à Pomfret à 18 h 30. Lorsqu'ils arrivent près de l'arrêt de bus le plus proche du bois qui borde la ferme de Prewett, Parsons dit que c'est une belle soirée et suggère de descendre et de faire le reste du chemin à pied...

— Il y a presque deux kilomètres de là à Pomfret. Mais peut-être qu'ils aiment les promenades dans la campagne.

— Parsons dit qu'il connaît un raccourci par les champs...

— À travers un bois sombre et pratiquement impénétrable, des buissons de ronces et de l'herbe haute et mouillée ?

— Je sais, monsieur. Cette partie de l'histoire ne me satisfait guère non plus. Mais ils ont peut-être vu quelque chose dans le bois, un cerf ou un lapin, je ne sais pas moi. En tout cas, d'une façon ou d'une autre, Parsons l'emmène dans le bois et il l'étrangle.

— Oh, merveilleux ! Mrs Parsons sort dîner dans une auberge à la mode, mais ça ne la dérange pas de s'enfoncer au milieu d'un bois sale et humide pour courir après un lapin. Et qu'est-ce qu'elle en fait une fois qu'elle l'a attrapé, elle le mange ? Son bonhomme la suit et quand elle est à l'endroit le plus touffu, il dit : « Arrête de bouger une minute, chérie, le temps que je prenne un morceau de corde dans ma poche et que je t'étrangle ! » Doux Jésus !

— Il l'a peut-être tuée sur le chemin, puis a traîné son corps dans les buissons. Il y fait sombre et jamais personne ne se promène sur la route de Pomfret. Il a pu la porter — c'est un type costaud et on ne verrait pas les traces après le passage des vaches.

— Exact.

— Le bus repart de Pomfret à 18 h 41, arrive à Forby à 19 h 09 et à Kingsmarkham à 19 h 20. Ça lui donne environ quinze minutes pour tuer sa femme et retourner à l'arrêt d'autobus de l'autre côté de la route, où le bus passe vers 18 h 46. Arrivé à Kingsmarkham, il remonte Tabard Road en courant et arrive chez lui en cinq minutes, juste à temps pour m'appeler à 19 h 30.

Wexford retourna s'asseoir dans le fauteuil pivotant au coussin mauve.

— Il prenait un risque terrible, Mike. Il aurait très bien pu être vu. Il va falloir vérifier avec les gens du bus. Il ne doit pas y avoir beaucoup de monde qui monte à l'arrêt près de la ferme de Prewett. Qu'est-ce qu'il a fait de son porte-monnaie et de sa clef ?

— Il les a balancés dans les buissons. Il n'avait aucune raison de les cacher, de toute façon. L'ennui, c'est que je ne vois pas de mobile.

— Oh, le mobile, fit Wexford. Tous les maris ont un mobile.

— Pas moi, rétorqua Burden outré.

On frappa à la porte et Bryant entra.

— J'ai trouvé ça à la lisière du bois, sur le côté du chemin, annonça-t-il en tendant un petit cylindre doré entre ses doigts gantés.

— Un tube de rouge à lèvres, dit Wexford. (Il le prit des mains de Bryant avec un mouchoir et le retourna pour lire l'étiquette ronde collée dessous.) « Martre polaire », lut-il, et quelque chose qui ressemble à un huit et un six écrits à l'encre violette. Rien d'autre ?

— Non, monsieur, rien d'autre.

— Très bien, Bryant. Allez avec Gates à la Compagnie des Eaux du Sud à Stowerton. Je veux savoir exactement — à la minute près — l'heure à laquelle Parsons a quitté son travail mardi soir.

» Avec tout ça, votre théorie a l'air sacrément idiote, Mike, dit-il lorsque Bryant fut sorti. On va mettre les gars des empreintes digitales sur le coup, mais vous croyez vraiment que ce sont celles de Mrs Parsons ? Elle ne prend jamais de sac à main, ne se maquille pas et elle est fauchée comme les blés — un dîner à Pomfret, tu parles ! — mais elle prend un rouge à lèvres qu'elle met dans son porte-monnaie ou qu'elle fourre dans son soutien-gorge — un rouge à lèvres à quatre-vingt-six pence, je vous prie — et quand ils arrivent dans les bois, elle voit un lapin. Elle ouvre son porte-monnaie pour prendre son revolver je suppose, balance le rouge à lèvres dans le fossé, court après le lapin, en grattant une allumette pour voir où elle met les pieds, et quand elle est en plein milieu des bois, elle s'assied et laisse son bonhomme l'étrangler !

— Pourtant, vous avez envoyé Bryant à Stowerton.

— Il a du temps devant lui. (Wexford se tut un instant, le regard fixé sur le tube de rouge à lèvres, puis reprit :) Au fait, j'ai vérifié l'alibi des Prewett. Ils étaient bien à Londres. La mère de Mrs Prewett est gravement malade et d'après le University College Hospital, ils sont restés à son chevet pratiquement tout le temps depuis avant l'heure du déjeuner jusque tard dans la nuit, et de façon intermittente au cours de la journée d'hier. La santé de la bonne vieille s'est un peu améliorée la nuit dernière, alors ils ont quitté leur hôtel de Tottenham Court Road ce matin après le petit déjeuner. Ils sont hors du coup.

Il ramassa la feuille de papier sur laquelle il avait posé le rouge à lèvres Martre polaire et le montra à Burden. Les empreintes étaient barbouillées, à part une que l'on distinguait nettement sur le dessus bombé.

— Le tube est neuf, dit Wexford, il a à peine servi. Je veux trouver la propriétaire de ce rouge à lèvres, Mike. On va retourner chez Prewett et dire deux mots à cette fille de ferme.

4

Tu as la beauté radieuse et pure,
L'allure libre et noble,
Et le souci n'a jamais assombri ton regard ;
Que te demander de plus ?

Bryan Waller Procter,
Hesurione.

Lorsque l'on eut certifié à Wexford que les empreintes sur le tube de rouge à lèvres n'appartenaient pas à Mrs Parsons, il retourna à la ferme en compagnie de Burden où ils interrogèrent séparément chaque employé et la fille de ferme, comme l'appelait Wexford. Tous sauf un avaient été occupés mardi après-midi et dans un état d'excitation qui n'avait rien de criminel.

Prewett avait chargé John Draycott, son administrateur, de s'occuper de la ferme en son absence et mardi matin celui-ci était allé au marché de Stowerton accompagné d'un certain Edwards. Ils étaient sortis en camion par l'entrée principale de la ferme. Cela leur faisait faire un grand détour, mais qui était préférable au chemin menant à la route de Pomfret, étroit, boueux et où le camion s'était embourbé la semaine précédente dans les ornières.

Miss Sweeting, la « fille de ferme », ayant son mardi de libre pour suivre un cours à l'école d'agriculture de Sewingbury, Bysouth et Traynor, l'employé qui s'occupait des cochons, étaient restés seuls à la ferme. À 12 h 30, ils avaient pris leur repas à la cuisine, préparé comme d'habitude par Mrs Creavey, qui montait chaque jour à la ferme depuis Flagford pour cuisiner et faire le ménage. Après le déjeuner, à 13 h 15, Traynor avait emmené Bysouth voir une truie qui était sur le point de mettre bas.

À 15 heures, Draycott et Edwards étaient de retour et l'administrateur commença immédiatement à faire les comptes. Le jardinage faisant partie de ses attributions, Edwards alla tondre la pelouse de devant. Draycott expliqua à Wexford qu'il ne l'avait pas eu tout le temps sous les yeux mais qu'il avait entendu pendant une heure le bruit de la tondeuse électrique. Vers 15 h 30, Draycott fut interrompu par Traynor qui vint lui faire part de son inquiétude sur l'état de la truie. Cinq porcelets étaient nés mais la mère semblait avoir des problèmes et il voulait l'autorisation de l'administrateur pour appeler le vétérinaire. Draycott s'était rendu à la porcherie, avait regardé la truie et parlé quelques secondes avec Bysouth, assis près d'elle sur un tabouret, avant d'aller lui-même téléphoner au vétérinaire. Ce dernier était arrivé vers 16 heures, et de ce moment-là jusqu'à 17 h 30, Draycott, Edwards et Traynor ne s'étaient pas quittés. Au cours de cette heure et demie, d'après Traynor, Bysouth était allé chercher les vaches au pré et les avait conduites dans l'étable pour la traite. Pour cela, il avait dû traverser le bois par deux fois. Malgré un interrogatoire minutieux de Wexford, il affirma qu'il n'avait rien vu hors du chemin. Il n'avait entendu aucun bruit intempestif ni vu aucune voiture dans le chemin ou garée sur la route de Pomfret. Les trois autres hommes estimèrent qu'il avait été plus rapide que d'habitude, hâte qu'ils mirent sur le compte de son empressement à connaître le résultat de la mise bas.

Il fallut attendre 18 h 30 pour que toute la portée de porcelets naisse. Le vétérinaire était allé se laver les mains dans la cuisine et ils avaient tous pris une tasse de thé. À 19 heures, il était parti en repassant par l'entrée principale et avait déposé Edwards, Traynor et Bysouth, qui habitaient tous dans des pavillons d'ouvriers agricoles à Clusterwell, un hameau à quelque trois kilomètres de l'autre côté de Flagford. Pendant l'absence des Prewett, Mrs Creavey passait la nuit à la ferme. L'administrateur effectua son dernier tour à 20 heures et rentra chez lui, une maison située à environ cinquante mètres en contrebas de la route de Clusterwell.

Wexford vérifia ces déclarations en interrogeant le vétérinaire et conclut que personne, sauf dans les miraculeux romans à énigme, n'aurait eu le temps d'assassiner Mrs Parsons et de cacher son corps dans les bois. Bysouth était le seul à avoir utilisé le chemin du bois, mais à moins qu'il n'ait dangereusement abandonné ses vaches aux abords d'une route sans limitation de vitesse, il était hors de tout soupçon. Évidemment, il y avait Mrs Creavey ; elle était restée seule et loin des regards de 15 h 30 à 18 h 30, mais âgée d'au moins soixante ans, elle était grosse et notoirement arthritique.

Wexford essaya de déterminer l'heure à laquelle Bysouth était passé sur le chemin à l'aller et au retour, mais le vacher ne portait pas de montre et il semblait vivre à l'heure du soleil. Il protesta avec véhémence et affirma qu'il ne faisait que penser au travail de la truie et qu'il n'avait vu personne sur le sentier, ni dans le bois, ou marcher dans les champs.

Dorothy Sweeting était la seule dont on pouvait éventuellement supposer que le rouge à lèvres Martre polaire lui appartenait. Mais le visage d'une femme qui a l'habitude de se maquiller a l'air particulièrement pâle et nu quand il ne l'est pas. Or, le visage de Dorothy Sweeting était hâlé et brillant, comme si elle n'avait jamais utilisé de crème pour le protéger des intempéries. Les hommes se montrèrent presque ironiques lorsque Wexford leur demanda s'ils l'avaient déjà vue avec du rouge sur les lèvres.

— Vous n'êtes pas allée à la ferme de toute la journée, miss Sweeting ?

Cela fit beaucoup rire Dorothy Sweeting. Elle riait vraiment de bon cœur. On aurait dit que l'interrogatoire n'était pour elle qu'une histoire sortie tout droit d'une série télévisée ou d'un roman policier.

— Pas à la ferme, mais tout près, précisa-t-elle. Coupable, Votre Honneur !

Comme Wexford ne souriait pas, elle poursuivit :

— Je suis allée voir ma tatie à Sewingbury après le cours et il faisait tellement beau que je suis descendue à deux kilomètres après Pomfret pour faire le reste du chemin à pied. Le vieux Bysouth rentrait les vaches et je me suis arrêtée pour causer avec lui.

— Et quelle heure il pouvait être ?

— Dans les 5 heures. C'est le bus de 16 h 10 que j'ai pris à Sewingbury.

— Très bien, miss Sweeting. Vos empreintes seront détruites lorsque la vérification aura été faite.

Cette dernière remarque la fit hurler de rire. Burden regarda ses mains larges et fortes, ses avant-bras aussi costauds que ceux du forgeron du village, et il se demanda ce qu'elle avait l'intention de faire dans la vie une fois qu'elle aurait son diplôme pour exercer il ne savait trop quel genre de métier bucolique.

— Non, gardez-les, je vous en prie, dit-elle, j'aimerais bien avoir une place dans le fichier des malfaiteurs.

Ils rentrèrent à Kingsmarkham sur une route calme et peu fréquentée. L'affluence du soir ne commençait que dans une heure. Le soleil avait décliné et le ciel pommelé s'était alourdi jusqu'à ne plus ressembler qu'à du lait caillé. Les haies d'aubépine qui bordaient la route étaient toujours en fleurs mais commençaient à se piquer de taches brunes comme si elles avaient été légèrement roussies par le passage d'une flamme.

Wexford emmena miss Sweeting au poste de police où ses empreintes furent comparées avec celles du tube de rouge à lèvres, et, comme il s'y attendait, ne correspondaient pas. Les gros doigts larges de l'apprentie étaient plutôt masculins.

— Je veux trouver la propriétaire de ce rouge à lèvres, Mike, répéta-t-il. Je veux que toutes les parfumeries de la ville soient passées au peigne fin. Et je vous conseille de le faire vous-même parce que ça ne va pas être facile.

— Est-ce qu'il a forcément un lien avec Mrs Parsons ? Est-ce qu'il n'aurait pas pu être perdu par quelqu'un passant sur le chemin ?

— Écoutez, Mike, ce rouge à lèvres n'était pas près de la route. Il était juste au bord du bois. Hormis le fait que la petite Sweeting et Mrs Creavey n'utilisent pas ce chemin, elles ne mettent pas de rouge, et même si c'était le cas, elles ne prendraient sûrement pas une teinte bizarre comme ce brun rosé. Vous le savez aussi bien que moi, quand une femme se met du rouge à lèvres seulement dans les grandes occasions ou les jours de fêtes, pour une raison que j'ignore, probablement pour montrer un brin d'audace, elle choisit toujours un rouge vif. Ce Martre polaire est une couleur abominable, le genre de truc qu'une femme riche pourrait acheter si elle avait déjà une douzaine de rouges à lèvres et qu'elle veuille la dernière teinte à la mode pour faire original.

Burden connaissait bien Kingsmarkham, mais il regarda quand même dans les pages jaunes de la région et trouva sept parfumeries dans High Street, trois dans des rues transversales et une dans un village qui était devenu une banlieue de Kingsmarkham. Songeant à ce que Wexford lui avait dit sur les femmes riches, il commença par High Street.

Le rayon des cosmétiques du supermarché n'avait qu'un stock limité des marques les plus chères. La vendeuse connaissait Mrs Parsons de nom, mais elle se souvenait aussi de l'avoir déjà vue et sa disparition, qu'elle avait apprise par les journaux, l'avait beaucoup émue. Burden se garda de lui dire que son corps avait été retrouvé et ne perdit pas de temps à poser d'autres questions lorsqu'il sut que Mrs Parsons, pour autant que la jeune femme pouvait se rappeler, n'avait acheté qu'un flacon de talc à bon marché au cours du mois précédent.

— C'est une nouvelle ligne, déclara la vendeuse dans le magasin suivant. Ça vient juste de sortir. Il fait partie d'une ligne aux teintes chaudes, douces et soyeuses comme de la fourrure, mais on n'en garde pas en réserve. On n'arriverait pas à en vendre suffisamment, vous comprenez.

Il marcha en direction du pont de Kingsbrook, passa devant la maison georgienne qui était maintenant l'Agence pour l'emploi des jeunes, puis devant la maison Queen Anne, devenue une étude de notaire, et entra dans un magasin qui venait d'ouvrir au rez-de-chaussée d'un immeuble d'appartements en duplex. Il était clair et luisant de propreté, exposant toutes sortes de pots, de flacons et de bouteilles de parfum. On lui répondit qu'ils en possédaient beaucoup de cette marque mais que les teintes aux noms de fourrures n'avaient toujours pas été livrées.

Les eaux de la rivière s'étaient apaisées et étaient devenues limpides. Burden pouvait voir les pierres rondes et plates posées au fond. Il se pencha par-dessus le parapet et vit un poisson sauter. Puis il poursuivit sa route, se frayant un chemin entre les groupes d'écoliers, les lycéennes coiffées de chapeaux et de blazers rouges, évitant les landaus et les paniers sur roulettes des ménagères. Il avait fait quatre magasins avant d'en trouver un qui eût cette gamme de teintes soyeuses. Mais ils n'en avaient vendu qu'un dans une couleur appelée Vison et ils n'inscrivaient pas les prix sur leurs articles. Dans le cinquième magasin, une créature de rêve à la chevelure relevée en forme d'ananas et légère comme de la barbe à papa dit qu'elle-même portait Martre polaire. Elle vivait dans un appartement au-dessus du magasin et elle monta chercher le tube de rouge à lèvres. C'était le même que celui trouvé dans le bois mais aucun prix n'était inscrit dessous.

— C'est une teinte difficile à porter, dit-elle. Nous en avons vendu quelques-uns dans d'autres couleurs mais ce genre de brun rebute les clientes.

Il ne restait à présent plus de magasins de ce côté-ci de High Street, seulement quelques grandes maisons, l'église méthodiste — l'église de Mrs Parsons — en retrait de la rue derrière une étendue de graviers, et une rangée de villas au-delà desquelles commençaient les champs.

Il traversa la rue au niveau du pub, l'Olive and Dove, et pénétra dans une parfumerie située entre un fleuriste et une agence immobilière. Burden avait plusieurs fois acheté de la mousse à raser dans ce magasin, et il connaissait l'homme qui émergea de l'arrière-boutique. Celui-ci secoua la tête sans hésiter : ils n'avaient aucun cosmétique dans cette gamme.

Il n'en restait plus que deux : une petite boutique exiguë et sombre dont la vitrine était encombrée de pots de crème pour cheveux et de brosses à dents, et un immense magasin, élégant, où l'on accédait par deux entrées donnant sur la rue, une porte au-dessus de quelques marches ou une baie vitrée. Le vendeur de crèmes capillaires ne savait même pas que Martre polaire existait. Il grimpa sur un escabeau et prit sur une étagère une boîte en carton remplie de petits cylindres de plastique vert.

— Je n'ai pas vendu un seul rouge à lèvres depuis une semaine, affirma-t-il.

Burden ouvrit la porte du magasin à double entrée et se retrouva sur une moquette couleur lie-de-vin. On aurait dit que tous les parfums de l'Orient étaient réunis sur les comptoirs et les tables dorées. Ses narines furent assaillies par des odeurs de musc, d'ambre gris et de foin coupé. Disparaissant derrière une pyramide de boîtes incrustées de paillettes et fermées par du ruban, il aperçut la nuque d'une jeune fille aux boucles blondes, vêtue d'un pull jaune pâle. Il toussa pour attirer l'attention et lorsqu'elle se retourna il constata que la jeune fille était un jeune homme.

— N'est-ce pas une couleur ravissante ? dit-il. Si jeune, fraîche et innocente. Oh oui, aucun doute, cela vient de chez nous. J'inscris tout avec ça, dit-il en sortant un stylo à bille à encre violette de derrière la caisse.

— Je suppose que vous ne sauriez pas me dire à qui vous avez vendu celui-ci.

— Mais j'adore faire le détective ! Soyons extrêmement rigoureux et menons une véritable enquête.

Il ouvrit un tiroir à poignée de verre taillé et en sortit un plateau de tubes de rouge à lèvres dorés rangés par couleur dans des compartiments différents.

— Voyons, fit-il. Vison, trois vendus. J'ai commencé par une douzaine de chaque teinte. Tigre de Trinidad — juste ciel, neuf vendus ! Un rouge plutôt commun, celui-là. Voilà, Martre polaire, quatre vendus. Maintenant, creusons-nous les méninges.

Pour l'encourager, Burden lui dit que son aide était précieuse.

— Nous avons une clientèle fidèle, essentiellement des gens aisés, comme on dit. Je ne voudrais pas avoir l'air snob, mais j'évite de préférence les gammes de produits bon marché. Je me souviens maintenant que miss Clement, de l'agence immobilière, en a acheté un. Non, deux en fait, un pour elle et l'autre pour faire un cadeau d'anniversaire. Mrs Darrell en a pris un. Je m'en souviens parce qu'elle avait d'abord choisi Vison, puis elle a changé d'avis au dernier moment. Pendant qu'elle réfléchissait, quelqu'un est venu me demander un rouge à lèvres rose pâle. Mais oui ! C'était Mrs Missal ! Elle a vu Mrs Darrell qui essayait la couleur sur sa main et elle s'est écriée : « C'est exactement ce qu'il me faut ! » Mrs Missal a un goût exquis : quoi que vous en disiez, Martre polaire est vraiment fait pour les rousses comme elle.

— Quand était-ce ? demanda Burden. Quand avez-vous reçu cette gamme de tons de fourrures ?

— Un instant. (Il consulta un carnet de commandes.) Jeudi dernier, il y a juste une semaine. J'ai vendu les deux premiers à miss Clement... le vendredi, je dirais. Je n'étais pas là samedi et le lundi est un jour creux. Jour de lessive je suppose. On ferme tôt le mardi et je suis sûr de ne pas en avoir vendu hier. C'est donc probablement mardi matin que j'ai vendu le quatrième.

— Vous m'avez beaucoup aidé, remercia Burden.

— Je vous en prie. Vous avez mis un peu de piment dans ma routine. Au fait, Mrs Missal habite dans cette adorable maison de poupée en face de l'*Olive and Dove,* et Mrs Darrell vit dans un duplex aux rideaux roses dans le nouvel immeuble de Queen Street.

Par chance, miss Clement avait les deux tubes dans son sac à main, le sien dont elle s'était déjà servie et celui qu'elle voulait offrir toujours enveloppé de papier cellophane. En quittant l'agence immobilière, Burden jeta un coup d'œil à sa montre. Il était 17 h 30 et il avait réussi à voir tous les magasins avant la fermeture. Il alla débusquer Mrs Darrell dans l'appartement à côté de chez elle, où elle prenait le thé avec une amie. Elle se montra très coopérative et redescendit l'escalier en colimaçon derrière l'immeuble, remonta chez elle puis revint cinq minutes plus tard avec le rouge à lèvres Martre polaire encore inutilisé et marqué des chiffres 86 à l'encre violette sur l'étiquette.

Au moment où il tournait à l'angle de Queen Street et traversait la cour de l'*Olive and Dove,* le bus Stowerton-Pomfret arrivait en haut de la pente. Il consulta sa montre et vit qu'il était plus de 17 h 50. Peut-être avait-il quitté Stowerton en retard, et peut-être cela était-il fréquent. « Au diable ces sacrées bonnes femmes et leurs rouges à lèvres », pensa-t-il. « C'est Parsons qui a fait le coup. »

L'adorable maison de poupée était de style Queen Anne, complètement restaurée avec force peinture blanche, fer forgé et jardinières de fleurs. La porte d'entrée était jaune, flanquée de lis bleus dans des auges en pierre. Burden cogna sur une cloche de bateau avec un battant en cuivre qui pendait au bout d'une corde. Mais personne ne vint, comme il s'y attendait. Une ancienne remise à calèches transformée en garage était vide et les portes étaient restées grandes ouvertes. Il redescendit les escaliers, traversa la rue et marcha jusqu'au poste de police en se demandant comment Bryant s'en était sorti à la Compagnie des Eaux du Sud.

Wexford avait l'air satisfait du résultat de l'enquête sur le rouge à lèvres. Ils attendirent le retour de Bryant de Stowerton pour aller dîner ensemble à l'*Olive and Dove.*

— On dirait que cela blanchit Parsons, estima Wexford. Il a quitté la Compagnie à 17 h 30 ou peu après. Certainement pas avant. Il n'aurait pas pu prendre le bus de 17 h 32.

— Non, en effet, reconnut Burden à contrecœur, et il n'y en a pas d'autre avant 18 h 02.

Ils entrèrent dans la salle de restaurant de l'*Olive and Dove* et Wexford demanda une table près de la fenêtre afin de pouvoir surveiller la maison de Mrs Missal.

Ils avaient terminé le gigot d'agneau et en étaient à la tarte aux myrtilles, mais les portes du garage étaient toujours ouvertes et personne n'était entré ou sorti de la maison. Burden resta à table pendant que Wexford alla payer l'addition et juste au moment où il se levait pour le suivre, il vit une jeune fille blonde en robe de coton arriver dans High Street par Sewingbury Road. Elle passa devant l'église méthodiste, longea la rangée de villas et monta en courant les escaliers de la maison de Mrs Missal, où elle entra.

— Allons-y, Mike, ordonna Wexford.

Il frappa la cloche avec le battant.

— Regardez ce sacré machin, fit-il. Je déteste ce genre de truc.

Ils patientèrent quelques secondes, puis la jeune fille blonde ouvrit la porte.

— Mrs Missal ?

— Mrs Missal, Mr Missal, les enfants, tous sortis, répondit-elle avec un fort accent étranger. Ils sont tous à la mer.

— Nous sommes officiers de police, dit Wexford. Quand Mrs Missal doit-elle rentrer ?

— Maintenant c'est 19 heures, dit-elle après avoir jeté un œil sur une horloge noire ancienne. 19 h 30, 20 heures. Je ne sais pas. Vous revenez dans un petit moment. Puis elle vient.

— Nous allons attendre, si vous le permettez, insista Wexford.

Ils franchirent le seuil et se retrouvèrent dans une entrée carrée recouverte de moquette bleue veloutée d'où s'élançait au centre un escalier qui se partageait en deux au niveau de la dixième marche. Par une ouverture cintrée située à droite de l'escalier, Burden remarqua une salle à manger dont le parquet ciré était partiellement recouvert de tapis indiens aux couleurs pâles. Au fond de la pièce, des portes-fenêtres ouvertes donnaient sur un immense jardin. L'entrée était fraîche et exhalait un parfum léger de fleurs rares et subtiles.

— Auriez-vous l'obligeance de me dire votre nom, miss, et ce que vous faites ici ? demanda Wexford.

— Inge Wolff. Je suis jeune fille « au pair » pour Dymphna et Priscilla.

« Dymphna ! » songea Burden en levant les yeux au ciel. Ses enfants à lui s'appelaient John et Pat.

— Fort bien, miss Wolff. Soyez gentille de nous indiquer où nous pouvons nous asseoir, et vous pourrez retourner à votre travail.

Elle ouvrit une porte à gauche de l'entrée et Wexford et Burden se retrouvèrent dans un grand salon dont les baies vitrées donnaient sur la rue. Les fauteuils et l'imposant canapé en toile de lin représentant des rhododendrons roses et blancs sur fond vert trônaient sur une moquette verte. De véritables rhododendrons, dont les fleurs au bout de leurs longues tiges étaient aussi larges que des soucoupes, formaient d'énormes bouquets dans deux vases blancs. Burden avait l'impression qu'une fois la saison des rhododendrons finie, Mrs Missal remplirait les vases de delphiniums et choisirait un nouveau tissu d'ameublement en harmonie.

— Pas de problème de fric, remarqua Wexford laconique, lorsque la jeune fille fut sortie. C'est le genre d'intérieur que j'imaginais quand je disais qu'une femme pourrait acheter un rouge à lèvres dans le ton Martre polaire pour faire original.

— Une cigarette, monsieur ?

— Vous êtes devenu complètement fou, Burden ? Vous voudriez peut-être aussi enlever votre cravate. On est dans le Sussex, pas au Mexique.

Burden rangea son paquet et ils demeurèrent silencieux pendant dix minutes. Puis il dit :

— Je parie qu'elle a ce rouge à lèvres dans son sac.

— Écoutez, Mike, quatre ont été vendus avec leur prix marqué à l'encre violette, d'accord ? Miss Clement en possède deux, Mrs Darrell en a un. C'est moi qui ai le quatrième.

— Il pourrait y avoir une parfumerie à Stowerton, Pomfret ou Sewingbury qui marque le prix de ses articles à l'encre violette.

— C'est exact, Mike. Et si Mrs Missal peut me montrer le sien, vous allez tout droit à Stowerton demain à la première heure et vous faites tous les magasins là-bas.

Mais Burden n'écoutait plus. Son fauteuil était en face de la fenêtre et il tendait le cou pour mieux voir.

— Une voiture arrive, annonça-t-il. Mercedes vert olive, 1962. Immatriculation XPQ189Q.

— OK Mike, je n'ai pas l'intention de l'acheter.

Lorsque le gravier crissa sous les roues et que quelqu'un ouvrit l'une des portières, Burden se retira vivement.

— Mince, s'exclama-t-il, c'est un morceau de roi.

Une femme en pantalon blanc sortit de la voiture

et se dirigea avec nonchalance vers les escaliers. L'écharpe de soie à motifs bleu martin-pêcheur et bleu plus foncé qui retenait sa chevelure rousse en arrière était faite de la même étoffe que son chemisier. Burden la trouva superbe, bien que son visage fût dur, comme si la peau bronzée était tendue sur un masque de fer. Toutefois, il n'était pas payé pour admirer mais pour observer. Et il remarqua immédiatement que ses lèvres n'étaient pas peintes en brun rosé mais en orange clair. Il se détourna de la fenêtre et l'entendit se plaindre à voix haute :

— J'en ai par-dessus la tête de ces enfants qui s'écorchent sans cesse ! Je parie ce que tu veux, Pete, que cette petite garce d'Inge n'est pas encore rentrée.

Une clef tourna dans la serrure de la porte d'entrée et Burden entendit Inge Wolff accourir pour accueillir ses patrons. L'un des enfants pleurnichait.

— Des policiers ? Combien de policiers ? Oh, qu'est-ce que c'est que cette histoire, Inge, où est leur voiture ?

— Je suppose que c'est pour moi, Helen. Tu sais bien que je gare toujours la Mercedes n'importe où.

Dans le salon, Wexford eut un large sourire.

La porte s'ouvrit avec violence, et rebondit contre l'un des vases comme si on avait donné un furieux coup de pied dedans. La femme aux cheveux roux entra la première. Elle portait des lunettes de soleil à monture de strass qu'elle ne prit pas la peine d'ôter malgré l'absence de soleil et la faible luminosité de la pièce. Son mari était grand et fort, le visage bouffi et déjà traversé de veines violettes. Les longs pans de sa chemise pendaient sur son ventre comme une robe de grossesse. Burden grimaça à la vue du motif : bouteilles, verres et assiettes disposés anarchiquement sur un échiquier rouge et blanc.

Les deux policiers se levèrent.

— Mrs Missal ?

— Oui, je suis Helen Missal. Qu'est-ce que vous voulez ?

— Nous sommes officiers de police, Mrs Missal, et

nous enquêtons sur la disparition de Mrs Margaret Parsons.

Missal dévisageait Wexford. Ses grosses lèvres étaient pourtant humides, mais il les humecta.

— Voulez-vous vous asseoir, proposa-t-il. Je ne comprends pas pourquoi vous voulez parler à ma femme.

— Moi non plus, assura Helen Missal. C'est quoi, la loi martiale ?

— Je vais vous le dire, Mrs Missal. Vous avez acheté un nouveau rouge à lèvres mardi matin, je crois ?

— Et alors ? C'est un crime ?

— Si vous pouviez me montrer ce rouge à lèvres, madame, je serais tout à fait satisfait et nous n'abuserions plus de votre temps. J'imagine que vous devez être fatiguée après une journée au bord de la mer.

— Et comment ! lança-t-elle en souriant. (Burden sentit qu'elle était soudain sur ses gardes tout en étant plus aimable.) Vous êtes-vous déjà assis sur une glace à la menthe ? (Elle gloussa en montrant une très légère tache verdâtre au fond de son pantalon.) Dieu merci, Inge est là ! Je ne veux plus voir ces petites pestes de toute la soirée.

— Helen, protesta Missal.

— Le rouge à lèvres, Mrs Missal.

— Ah, oui, le rouge à lèvres. Effectivement, j'en ai acheté un, une horrible couleur appelée Martre quelque chose, mais je l'ai perdu au cinéma hier.

— Êtes-vous certaine que c'est au cinéma que vous l'avez perdu ? Est-ce que vous avez essayé de le retrouver ? De demander au directeur, par exemple ?

— Quoi, pour un bâton de rouge de quatre-vingt-six pence ? J'ai l'air si pauvre ? Je suis allée au cinéma et...

— Seule, madame ?

— Bien sûr, seule. (Burden la sentit sur la défensive mais ses yeux étaient dissimulés par ses lunettes.) Je suis allée au cinéma et je me suis aperçue en rentrant que le tube n'était plus dans mon sac.

— C'est celui-ci ? (Wexford tenait le rouge à lèvres dans la paume de sa main, et Mrs Missal tendit de longs doigts aux ongles laqués d'un gris métallique.) Je suis navré mais je dois vous prier de me suivre au poste de police afin de prendre vos empreintes.

— Helen, qu'est-ce que ça veut dire ? (Missal posa sa main sur le bras de sa femme, qui se dégagea brusquement comme si ses doigts l'avaient salie.) Je ne comprends pas, Helen. Quelqu'un t'a fauché ton rouge à lèvres, quelqu'un qui a un lien avec cette femme ?

Elle ne détachait pas son regard du rouge à lèvres qu'elle tenait dans la main. Burden se demandait si elle s'était rendu compte qu'elle venait de couvrir le tube de ses empreintes.

— Je suppose que c'est le mien, articula-t-elle lentement. Très bien, admettons que ce soit le mien. Où l'avez-vous trouvé, au cinéma ?

— Non, Mrs Missal. On l'a trouvé à la lisière d'un bois près de la route de Pomfret.

— Quoi ? s'écria Missal en sursautant. (Il dévisagea Wexford d'un air ahuri, puis tourna son regard vers sa femme.) Enlève ces sacrées lunettes ! cria-t-il en les lui arrachant.

Burden remarqua qu'elle avait les yeux verts, un vert clair tirant sur le bleu et pailleté d'or. L'espace d'une seconde, il y décela une expression de panique ; puis elle baissa les paupières, derniers boucliers contre le regard des autres, et fixa obstinément le sol.

— Tu m'as dit que tu étais allée au cinéma, continua Missal. Qu'est-ce que c'est que cette histoire de bois au bord de la route de Pomfret. Qu'est-ce qui se passe, bon dieu ?

Helen Missal répondit très lentement, comme si elle était en train d'inventer une histoire :

— Quelqu'un a dû trouver mon rouge à lèvres dans le cinéma. Puis il l'aura laissé tomber. C'est ça.

C'est très simple. Je ne comprends pas pourquoi on en fait toute une histoire.

— Il se trouve que Mrs Parsons a été découverte étranglée dans ce bois à 13 h 30 aujourd'hui, déclara Wexford.

Elle frissonna et agrippa le bras de son fauteuil. Burden pensa qu'elle faisait un suprême effort pour ne pas hurler. Elle finit par articuler :

— C'est clair, n'est-ce pas ? Votre meurtrier, qui que ce soit, a piqué mon tube de rouge et l'a perdu sur... sur le lieu du crime.

— Le seul problème, précisa Wexford, c'est que Mrs Parsons est morte mardi. Je ne vous retiendrai pas plus longtemps, madame. Pas pour le moment. Encore une chose, toutefois ; avez-vous votre propre voiture ?

— Oui, en effet, une Dauphine rouge. Je la range dans l'autre garage, dont l'entrée donne sur Kingsbrook Road. Pourquoi ?

— Oui, pourquoi ? demanda Missal. Pourquoi toutes ces questions ? On ne connaissait même pas cette Mrs Parsons. Vous ne voulez pas dire que ma femme... ? Seigneur, j'aimerais bien qu'on m'explique !

Le regard de Wexford alla de l'un à l'autre, puis il se leva.

— J'aimerais juste jeter un œil sur les pneus, monsieur.

Tandis qu'il parlait, on aurait dit que la lumière se faisait soudain dans l'esprit de Missal. Il rougit violemment, son visage virant au rouge brique foncé et se tordant comme celui d'un bébé sur le point de pleurer. C'était l'expression même du désespoir, un désespoir et une sorte de douleur dont Burden sentait qu'il n'avait pas le droit de les regarder. Puis Missal eut l'air de se ressaisir. Il déclara d'une voix calme et contenue qui semblait cacher une multitude de questions et d'accusations non formulées :

— Je n'ai pas d'objection à ce que vous examiniez

la voiture de ma femme mais je ne comprends pas ce qu'elle a à voir avec cette personne.

— Moi non plus, monsieur, répliqua Wexford d'un ton enjoué. C'est ce que nous voudrions découvrir. Je suis dans le noir, tout autant que vous.

— Donne-lui la clef du garage, Pete, dit-elle. Je vous assure que je n'en sais pas davantage. Ce n'est pas de ma faute si on m'a volé mon rouge à lèvres.

— J'aurais donné beaucoup pour pouvoir me cacher derrière ces rhododendrons et entendre ce qu'il est en train de lui dire, soupira Wexford en remontant Kingsbrook Road vers le garage d'Helen Missal.

— Et ce qu'elle est en train de répondre, ajouta Burden. Vous pensez qu'on peut les laisser pour cette nuit ? Elle a forcément un passeport valide.

Wexford rétorqua d'un air innocent :

— Je pensais bien que cela vous tourmenterait, Mike, alors je vais aller louer une chambre pour la nuit à l'*Olive and Dove*. Un petit travail pour Martin. Le pauvre va devoir rester assis devant sa fenêtre toute la nuit. Ça me fend le cœur.

Les Missal avaient un grand jardin qui avait vaguement la forme d'un diamant. En haut, du côté où le diamant était taillé en oblique, le jardin était bordé par la rivière Kingsbrook, et de l'autre une haie de tamaris l'isolait de Kingsbrook Road. Burden ouvrit la barrière en bois de cèdre du garage et nota soigneusement le numéro d'immatriculation de la voiture d'Helen Missal. Un bébé tigre en peluche encombrait presque toute la plage arrière.

— Je veux un relevé de ces pneus, Mike, ordonna Wexford. On comparera avec les empreintes relevées dans le chemin de la ferme de Prewett. C'est quand même une chance pour nous que le sol soit recouvert de bouse de vache pratiquement solide.

— Mince alors, commenta Burden qui fit une grimace de dégoût en se relevant. (Il referma la porte à clef derrière lui.) C'est vraiment la rue des huppés.

Il mit la boue sèche dans une enveloppe et montra du doigt les maisons situées de l'autre côté de la rue : un hôtel particulier flanqué de tourelles, un bungalow bâti dans le style d'un ranch avec deux doubles garages, et une maison neuve construite sur le modèle d'un chalet orné de balcons en bois sombre sculptés.

— C'est agréable quand on peut se le permettre, reconnut Wexford. Venez, je vais chercher la voiture et retourner voir Prewett. Par la même occasion, je vais aller dire un mot au directeur du cinéma. Si vous pouviez juste rendre la clef à cette Inge, ou je ne sais comment, avant de rentrer chez vous. Je crois que je vais avoir une conversation avec cette petite dès demain.

— Quand allez-vous retourner voir Mrs Missal ?

— À moins que je ne me trompe complètement, dit Wexford, c'est elle qui viendra me voir avant que j'aie besoin d'aller vers elle.

5

Et si elle te répond « Non »,
T'inclineras-tu,
Et la laisseras-tu partir ?
W. J. Linton,
Faint Heart.

Le sergent Camb était au téléphone lorsque Wexford arriva au poste le lendemain matin. Il couvrit le récepteur de sa main pour parler à l'inspecteur :

— Une certaine Mrs Missal pour vous, chef. C'est la troisième fois qu'elle appelle.

— Qu'est-ce qu'elle veut ?

— Elle insiste pour vous voir. Elle dit que c'est très urgent. (Camb avait l'air gêné.) Elle veut savoir si vous pouvez aller jusqu'à chez elle.

— Ah vraiment ! Dites-lui que si elle tient tant à me voir, il faudra qu'elle vienne ici. (Il ouvrit la porte de son bureau.) Oh, sergent Camb, dites-lui aussi que je ne serai plus là à partir de 9 h 30.

Lorsqu'il eut ouvert la fenêtre et organisé un désordre étudié sur son bureau, il passa la tête par la porte et demanda du thé.

— Où est Martin ?

— Toujours à l'*Olive and Dove,* chef.

— Dieu tout-puissant ! Il se croit en vacances ? Appelez-le et dites-lui de rentrer chez lui.

C'était une belle matinée d'un mois de juin arrivant tout en douceur, et de son bureau, Wexford pouvait voir les jardins de Bury Street et les jardinières de la Midland Bank débordantes de magnifiques tulipes. Les fleurs estivales n'étaient pas encore en boutons — sauf les rhododendrons. Les premiers sons de cloche du lycée commençaient à carillonner dans le lointain lorsque le sergent Camb apporta le thé — et Mrs Missal.

— Donnez-nous une autre tasse, je vous prie.

Elle s'était coiffée, ce matin, et avait dédaigné ses lunettes de soleil. Son chemisier d'organdi et sa jupe plissée lui donnaient une allure étonnamment sage, et Wexford se demanda si son hostilité avait été abandonnée en même temps que le pantalon et le chemisier un peu osés qu'elle portait la veille.

— Je crains de m'être montrée plutôt stupide, inspecteur-chef, admit-elle sur le ton de la confidence.

Wexford tira une feuille de papier de son tiroir et se mit à écrire d'un air très occupé. Il essayait de trouver quelque chose de pertinent à rédiger mais puisqu'elle ne pouvait pas voir le papier d'où elle était assise, il se contenta de gribouiller : « Missal, Parsons ; Parsons, Missal. »

— Voyez-vous, je ne vous ai pas dit toute la vérité.

— Ah non ?

— Je ne vous ai pas vraiment dit de mensonges non plus. J'ai seulement omis certains détails.

— Ah oui ?

— Eh bien, voilà, en fait, je ne suis pas allée seule au cinéma. J'étais avec un ami. (Elle sourit comme si elle voulait dire « entre gens raffinés, on se comprend ».) Il n'y a absolument rien entre nous, mais vous savez comme les maris sont embêtants.

— Je devrais, rétorqua Wexford, j'en suis un.

— Bref, quand je suis rentrée à la maison je me suis aperçue que j'avais perdu mon nouveau tube de rouge à lèvres et je pense l'avoir laissé tomber dans la voiture de cet ami. Oh, du thé, comme c'est gentil !

On frappa à la porte et Burden entra.

— Mrs Missal était justement en train de me parler de sa sortie au cinéma de mercredi soir, l'informa Wexford tout en continuant d'écrire.

La moitié de la page était déjà remplie.

— C'était un bon film, n'est-ce pas, Mrs Missal ? Malheureusement, j'ai dû partir en plein milieu. (Burden chercha une troisième tasse.) Qu'est-il arrivé à cet agent secret ? Il a fini par épouser la blonde ou l'autre ?

— L'autre, répondit Helen Missal sans hésiter. Celle qui joue du violon. Elle rédige un message en code musical et quand ils sont de retour à Londres, elle le joue au M.I.S.

— Qu'est-ce qu'ils ne vont pas inventer ! commenta Burden.

— Bien, je ne vous retiendrai pas plus longtemps, Mrs Missal...

— Merci, je dois me sauver, j'ai rendez-vous chez le coiffeur.

— Si vous voulez bien me dire le nom de cet ami avec qui vous êtes allée au cinéma...

Le regard d'Helen Missal alla de Wexford à Burden, puis de Burden à Wexford. L'inspecteur froissa la feuille de papier et la jeta dans la corbeille.

— Oh, mais c'est impossible ! Enfin... je ne veux pas qu'il soit mêlé à tout ça.

— À votre place, je réfléchirais, madame. Pensez-y pendant que vous êtes chez le coiffeur.

Burden lui ouvrit la porte et elle sortit rapidement sans se retourner.

— Je viens de parler avec une de mes voisines, dit-il à Wexford, Mrs Jones, 9 Tabard Road. Vous savez, c'est elle qui nous a parlé des voitures garées dans la rue mardi après-midi. Eh bien, je lui ai demandé si elle pouvait se souvenir des marques ou des couleurs, et elle s'est rappelé une voiture rouge vif avec un tigre en peluche à l'arrière. Elle n'a pas pu voir la plaque minéralogique tellement elles étaient serrées les unes contre les autres.

— Et elle est restée là combien de temps ?

— Mrs Jones n'a pas pu me le dire. Elle sait seulement qu'il était environ 15 heures quand elle l'a remarquée pour la première fois et qu'elle était toujours là quand les enfants sont rentrés de l'école. Bien sûr, elle ne sait pas si elle est restée là tout le temps.

— Je vais aller bavarder un peu avec Inge pendant que Mrs Missal est chez le coiffeur, annonça Wexford. Dieu merci, Inge est là ! comme dirait Mrs Missal.

Une boîte de cirage et quelques chiffons traînaient sur le parquet de la salle à manger et les tapis indiens étaient étendus sur l'incroyable dallage de la terrasse donnant sur le jardin. Apparemment, Inge Wolff avait d'autres tâches en plus que de s'occuper de Dymphna et Priscilla.

— Tout ce que je sais, je vous le dis, déclama-t-elle. Qu'est-ce que ça fait si je suis virée ? De toute façon, je retourne chez moi à Hanovre la semaine prochaine.

« Peut-être », pensa Wexford, « ou peut-être pas ». Au train où allaient les choses, il se pouvait bien qu'Inge Wolff dût rester en Angleterre encore quelques mois.

— Lundi, Mrs Missal toute la journée est à la maison. Juste pour faire les courses le matin elle sort. Mardi aussi le matin elle sort faire les courses, car l'après-midi c'est fermeture de tous les magasins.

— Et mardi après-midi, miss Wolff ?

— Ah, mardi après-midi elle sort. D'abord nous avons notre déjeuner, à 13 heures. Moi et Mrs Missal et les enfants. Ah ! la semaine prochaine, plus d'enfants ! Après déjeuner la vaisselle je fais et dans sa chambre pour se reposer elle monte. Quand elle descend, elle dit : « Inge, je sors avec la voiture », et elle prend la clef et traverse le jardin pour aller au garage.

— Vers quelle heure à peu près, miss Wolff ?

— 15 heures, 14 h 30, je ne sais pas, fit-elle en haussant les épaules. Puis elle revient, 17 heures, 18 heures peut-être.

— Et mercredi ?

— Ah, mercredi, j'ai une demi-journée de libre. Très bon ça. Dymphna rentre déjeuner à la maison, retourne à l'école et moi je sors. Mrs Missal avec Priscilla reste à la maison. Et vers le soir elle sort, 19 heures, 19 h 30. Je ne sais pas. Dans cette maison c'est toujours des allées et venues. C'est comme un jeu.

Wexford lui montra la photo de Mrs Parsons.

— Avez-vous déjà vu cette femme, miss Wolff ? Est-elle déjà venue ici ?

— Des centaines de femmes pareilles à Kingsmarkham. Toutes se ressemblent, sauf les riches. Celles qui viennent ici elles ne sont pas comme ça. (Elle eut un rire moqueur.) Oh non, trop drôle. Je ris de voir ça. Aucune comme elle vient ici.

Lorsque Wexford rentra au poste, Helen Missal était assise dans le hall d'entrée, ses cheveux roux remontés en un chignon élaboré sur le dessus de la tête.

— Vous avez réfléchi, Mrs Missal ? demanda-t-il en la faisant entrer dans son bureau.

— Au sujet de mercredi soir...

— Franchement, Mrs Missal, ce n'est pas mercredi soir qui m'intéresse, mais mardi après-midi...

— Pourquoi mardi après-midi ?

Wexford posa la photographie de Mrs Parsons bien en vue sur son bureau et y laissa négligemment tomber le tube de rouge à lèvres. Le petit cylindre doré roula sur le papier brillant du cliché puis s'arrêta.

— C'est mardi après-midi que Mrs Parsons a été tuée, expliqua-t-il patiemment, et on a trouvé votre rouge à lèvres à quelques mètres de son corps. Alors, voyez-vous, ce que vous avez fait mercredi soir ne m'intéresse pas.

— Vous ne croyez tout de même pas... Oh mon Dieu ! Écoutez, inspecteur-chef, j'étais ici mardi après-midi. Je suis allée au cinéma.

— Vous aidez à la sauvegarde de ce lieu, chère madame. Quel dommage que vous n'habitiez pas Pomfret ! Le cinéma a dû fermer par manque de spectateurs.

Helen Missal retint son souffle un instant puis laissa échapper un profond soupir. Elle enroula ses jambes autour des pieds métalliques de la chaise.

— Je suppose que je vais devoir vous la dire. Je veux dire, la vérité.

Elle parla comme si c'était une chose désagréable à laquelle elle devait se résigner et non pas une obligation morale.

— Cela vaudrait peut-être mieux, madame.

— Bon, j'ai dit que j'étais allée au cinéma mercredi soir seulement pour avoir un alibi. En fait, je suis sortie avec un ami. (Elle sourit d'un air triomphant.) Qui restera anonyme.

— Pour le moment, concéda Wexford qui ne s'avouait pas vaincu.

— Je devais voir cet ami mercredi soir, mais je ne pouvais pas vraiment en informer mon mari, n'est-ce pas ? Alors j'ai dit que j'allais au cinéma. En fait, nous avons juste fait un tour en voiture. Mais il fallait bien que je voie ce film ! Vous savez, mon mari me demande toujours... enfin, il m'en aurait sûrement parlé. C'est pour cela que je suis allée le voir mardi après-midi.

— Avec votre voiture, Mrs Missal ? Vous habitez pourtant à cent mètres du cinéma.

— Je vois que vous avez parlé à cette petite garce d'Inge. Il fallait que je prenne la voiture pour lui faire croire que j'allais loin. Je ne pouvais pas prétendre aller faire les magasins puisqu'ils ferment tôt ce jour-là, et elle sait que je ne vais jamais nulle part à pied. J'ai pensé que si elle me voyait sortir sans la voiture, elle devinerait que j'allais au cinéma et elle trouverait drôle que j'y retourne le lendemain.

— Les domestiques ne sont plus ce qu'ils étaient, ironisa Wexford.

— À qui le dites-vous ! Eh bien, voilà, c'est tout. J'ai pris la voiture et je l'ai collée dans Tabard Road... Oh mon Dieu, mais c'est là que cette femme habitait, n'est-ce pas ? Mais je ne pouvais pas la laisser dans High Street à cause... (Elle essaya encore de l'attendrir d'un sourire), à cause de votre règlement ridicule sur le stationnement.

Wexford répliqua brusquement d'un ton mordant :

— Connaissiez-vous cette femme, madame ?

Helen Missal sursauta :

— Oh, vous m'avez fait peur ! Laissez-moi réfléchir. Non, je ne crois pas. Ce n'est pas le genre de personne que j'ai l'habitude de fréquenter, inspecteur-chef.

— Avec qui êtes-vous sortie mercredi soir quand vous avez perdu votre rouge à lèvres, Mrs Missal ?

Ses sourires et ses airs de petite fille n'avaient pas marché. Elle repoussa sa chaise violemment et lui répondit en criant :

— Je ne vous le dirai pas ! Vous ne pouvez pas m'y obliger ! Vous n'avez pas le droit de me garder ici.

— C'est vous qui êtes venue, chère madame, rétorqua Wexford.

Il ouvrit la porte en grand et lui décocha un sourire affable.

— Je viendrai vous voir ce soir lorsque votre mari sera rentré ; nous essaierons d'éclaircir tout cela.

Le pasteur méthodiste n'avait pas beaucoup aidé Burden. Il n'avait pas vu Mrs Parsons depuis dimanche et avait été surpris qu'elle ne vienne pas à la réunion de mardi. Il ne lui connaissait pas d'amis proches à la paroisse et il ne se souvenait pas avoir jamais entendu quelqu'un l'appeler par son prénom.

Burden vérifia les horaires des bus à la gare routière et apprit que le 17 h 32 avait quitté Stowerton pile à l'heure. De plus, la conductrice du bus de Kingsmarkham, celui partant de Stowerton à 17 h 35, se souvint d'avoir vu Parsons. Il n'avait qu'un billet de dix shillings et ils étaient presque arrivés à Kingsmarkham quand elle avait enfin réussi à lui faire de la monnaie.

— Elle m'en a fait voir de toutes les couleurs, cette fichue Mrs Missal ! dit Wexford quand Burden entra dans son bureau. Elle fait partie de ces femmes qui mentent comme elles respirent, c'est une seconde nature.

— Quel est le mobile, chef ?

— Si je le savais ! Peut-être qu'elle avait une liaison avec Parsons : elle va le prendre à la sortie de son bureau mardi après-midi après avoir corrompu tous les employés de la Compagnie des Eaux pour qu'ils affirment ne pas l'avoir vu partir avant 17 h 30 ; ou alors elle a un autre amant avec qui elle sort les mercredis, un pour chaque jour de la semaine ; autre hypothèse, elle, Parsons et Mr X, qui doit rester anonyme (Doux Jésus !), sont des agents soviétiques et Mrs Parsons est passée à l'Ouest. Tout ceci est complètement farfelu, Mike, et ça me donne envie de vomir !

— On n'a même pas retrouvé l'objet qui a servi à l'étrangler, renchérit Burden d'un air sinistre. Est-ce qu'une femme aurait pu faire le coup ?

— Crocker a l'air de le croire. À condition que ce soit une jeune femme solide et bien nourrie qui passe sa vie dans un fauteuil.

— Comme Mrs Missal...

— On va retourner là-bas ce soir, Mike, et tout reprendre depuis le début devant son bonhomme. Mais pas avant ce soir. J'ai bien l'intention de la laisser mariner toute la journée. Le rapport du laboratoire indique qu'il n'y a pas de trace de bouse de vache sur les pneus de Mrs Missal. Mais elle n'a pas forcément utilisé sa propre voiture. Son mari est concessionnaire, il a un garage à Stowerton. Ces gens n'arrêtent pas de changer de voiture. Il va falloir vérifier ça aussi. L'enquête judiciaire est pour demain, et je veux avoir d'autres cartes en mains d'ici là.

Burden alla à Stowerton avec sa voiture personnelle et se gara dans la cour du garage de Missal. Un homme en bleu de travail sortit de la cage en verre coincée entre les pistes de pompes à essence.

— Le plein, s'il vous plaît, demanda Burden. Mr Missal n'est pas là ?

— Il est sorti avec un client.

— Dommage. Je suis déjà passé mardi après-midi et il n'était pas là...

— Il est toujours à droite, à gauche. Je vais passer un coup sur votre pare-brise.

— Et Mrs Missal ?

— Ça fait trois mois que je l'ai pas vue. La dernière fois c'était en mars. Elle était venue emprunter la Mercedes et elle a défoncé la grille. Les femmes au volant !

— Elle a dû se faire engueuler, non ? comme je connais Pete.

— Ça, c'est sûr. Il a dit, terminé ; ni la Mercedes ni une autre voiture.

— Je vois, fit Burden en lui tendant un pourboire raisonnable pour que cela ne paraisse pas suspect. Le mariage devient un calvaire quand la lune de miel est finie.

— Je lui dirai que vous êtes passé.

Burden mit le contact et passa la première.

— Pas la peine, je le vois ce soir.

Il se dirigea vers la sortie et freina brutalement pour éviter une décapotable jaune qui débouchait à toute allure de Maryfield Road. Un homme d'un certain âge était au volant, et Peter Missal était à la place du passager.

— Le voilà, ne le ratez pas ! cria le pompiste.

Burden gara sa voiture et poussa les portes battantes du magasin où il attendit à côté d'une Austin-Mini tournoyant lentement sur son présentoir écarlate. Il voyait Missal discutant dehors avec le conducteur de la décapotable. Apparemment, l'affaire ne fut pas conclue, car l'homme partit à pied et Missal rentra au magasin.

— Qu'est-ce qu'il y a encore ? demanda-t-il à Burden. Je n'aime pas être poursuivi jusque sur mon lieu de travail.

— Je ne vous retiendrai pas longtemps, assura

Burden. Je dois simplement vérifier votre emploi du temps de mardi après-midi. Je suppose que vous étiez ici toute la journée. Enfin, ici et sur la route.

— C'est pas vos oignons, aboya Missal en enlevant d'une chiquenaude, au passage, un grain de poussière posé sur l'aile de l'Austin. Je suis allé à Kingsmarkham voir un client. Et c'est tout ce que j'ai à vous dire. Je respecte la vie privée des gens et vous feriez bien d'en faire autant.

— Dans une affaire de meurtre, la vie privée ne peut pas toujours rester aussi privée qu'on le souhaiterait. On dirait que votre femme n'a pas compris cela, elle non plus.

Il se dirigea vers la porte.

— Ma femme... (Missal le suivit et, regardant autour de lui pour s'assurer qu'on ne pouvait pas l'entendre, siffla entre ses dents d'un ton furieux :) Enlevez ce tas de ferraille du chemin. Il gêne le passage.

6

Qui était son père ?
Qui était sa mère ?
Avait-elle une sœur ?
Avait-elle un frère ?
Ou bien y avait-il
Quelqu'un de plus proche
Et de plus cher encore
Que tous les autres ?

Thomas Hood,
The Bridge of Sighs.

Les histoires d'affaires criminelles avaient été retirées de la bibliothèque et la dernière étagère était demeurée vide. Si Parsons était innocent, un mari réellement affligé de la mort de sa femme, Burden imaginait à quel point les épouvantables couvertures de ces livres avaient dû le bouleverser lorsqu'il était entré dans la misérable salle de séjour ce matin-là. À moins qu'il ne les ait enlevés parce qu'ils avaient rempli leur office et avaient cessé d'être utiles ?

— Inspecteur-chef, dit Parsons, il faut que je sache. Est-ce qu'on l'a... ? Est-ce qu'elle a... ? Est-ce qu'elle a juste été étranglée ou est-ce qu'il y a eu autre chose ?

Il semblait avoir considérablement vieilli au cours des derniers jours, ou alors c'était un excellent acteur.

— Soyez tranquille à ce sujet, répondit vivement Wexford, votre femme a effectivement été étranglée mais je peux vous assurer qu'on ne lui a rien fait subir d'autre.

Il regarda les tristes rideaux verts, le lino usé sur les bords, et dit d'une voix neutre :

— Il n'y a pas eu d'agression sexuelle.

— Dieu merci ! s'exclama Parsons comme s'il croyait qu'il pût encore exister un Dieu dans quelque paradis non conformiste et comme s'il Le remerciait véritablement. Je n'aurais pas pu supporter ça. Je n'aurais pas pu continuer de vivre en sachant ça. Il valait mieux que Margaret soit morte plutôt que...

Il réalisa soudain ce qu'il venait de dire et se prit la tête entre les mains.

Wexford attendit que les mains retombent et que les yeux secs fixent à nouveau les siens.

— Mr Parsons, apparemment, il n'y a pas de traces de lutte. On aurait dit que votre femme dormait juste avant d'avoir été tuée. Il semblerait qu'il n'y ait eu qu'un choc momentané, juste une seconde de douleur — puis plus rien.

Parsons marmonna entre ses dents, détournant son visage de telle sorte qu'ils ne purent saisir que les derniers mots :

— « ... Car bien qu'ils soient punis au regard des hommes, leur espoir demeure pourtant en l'immortalité. »

Wexford se leva et se dirigea vers la bibliothèque. Il ne fit aucune remarque au sujet des livres manquants ; il se contenta de prendre un volume sur l'une des étagères du bas.

— C'est un guide du district de Kingsmarkham, à ce que je vois. (Il l'ouvrit et Burden aperçut une photo en couleurs de la place du marché.) Ce n'est pas un livre neuf.

— Ma femme a vécu ici — enfin, pas vraiment ici, à Flagford exactement — pendant environ deux ans après la fin de la guerre. Son oncle faisait partie de la R. A. F. et était cantonné à Flagford, et sa tante avait une maison au village.

— Parlez-moi un peu de la vie de votre femme.

— Elle est née à Balham, commença Parsons en refoulant un sanglot et évitant soigneusement de prononcer son nom. Ses parents sont morts quand elle était petite et elle est allée vivre avec cette tante. À l'âge de seize ans environ, elle est venue habiter Flagford, mais cela ne lui plaisait pas. Son oncle est mort — c'est pas qu'il ait été tué, lui —, il est mort d'une crise cardiaque, et sa tante est retournée à Balham. Ma femme est entrée à l'université à Londres et après elle a commencé à enseigner. Puis on s'est mariés. C'est tout.

— Mr Parsons, vous m'avez dit mercredi que votre femme aurait pris sa clef de la porte d'entrée ; combien y avait-il de clefs en tout ?

— Seulement deux. (Parsons exhiba une banale clef de verrou de sa poche et la tendit à Wexford.) La mienne et — et celle de Margaret. Elle avait mis la sienne à un anneau attaché à une chaîne en argent avec au bout un fer à cheval comme porte-bonheur. (Il ajouta simplement, d'une voix tranquille :) C'est moi qui lui avais offert quand on est arrivés ici. Son porte-monnaie est marron ; en plastique marron avec un fermoir doré.

— J'aimerais savoir si votre femme avait l'habitude d'aller du côté de la ferme des Prewett. Est-ce que vous les connaissiez, eux ou leurs employés ? Il y a une jeune fille là-bas qui s'appelle Dorothy Sweeting ; vous avez déjà entendu votre épouse prononcer ce nom ?

Mais Parsons n'avait même jamais entendu parler de cette ferme avant qu'on y découvre le corps de sa femme. Celle-ci n'aimait pas spécialement la campagne ni les promenades et le nom de Sweeting ne lui disait rien.

— Est-ce que le nom de Missal vous dit quelque chose ?

— Missal ? Non, je ne vois pas.

— Une belle femme, grande, aux cheveux roux, qui habite une maison en face de l'*Olive and Dove*.

Son mari vend des voitures. Un type costaud qui a une grosse voiture verte.

— On ne connaît... on ne connaissait pas de gens de ce genre. (Son visage se crispa et il leva une main pour cacher ses yeux.) Il y a beaucoup de gens snobs par ici. On n'était pas du même monde ; on n'aurait jamais dû venir ici. (Sa voix n'était plus qu'un murmure lorsqu'il dit :) Si on était restés à Londres, elle serait peut-être encore en vie.

— Mais pourquoi êtes-vous venus, Mr Parsons ?

— La vie est moins chère à la campagne, ou du moins c'est ce qu'on croit tant qu'on n'a pas essayé.

— Vous voulez dire que le fait que votre femme ait vécu à Flagford n'avait rien à voir avec votre décision de venir vous y installer.

— Margaret ne voulait pas, mais on m'a proposé un travail, alors... vous savez, quand on n'a pas d'argent, on ne choisit pas. Elle devait travailler quand on habitait Londres. Je pensais qu'elle serait plus tranquille ici. (Il toussa et sa toux se transforma en sanglot.) Mais j'avais tort, n'est-ce pas ?

— Je crois que vous avez pas mal de livres dans le grenier, Mr Parsons. J'aimerais bien les regarder d'un peu plus près.

— Je vous les donne. Je ne veux plus voir un seul livre de toute ma vie. Mais vous ne trouverez rien, elle ne les ouvrait jamais.

Les sombres escaliers devenaient plus familiers et perdaient ainsi l'aspect sinistre qui avait frappé Burden la première fois. Le soleil dévoilait une légère poussière récente et dans sa douce lumière la maison ne ressemblait plus du tout au lieu d'un crime mais seulement à une misérable relique. Il y avait une épouvantable odeur de renfermé, et Wexford ouvrit la fenêtre du grenier. Il souffla sur la mince pellicule de poussière qui recouvrait la malle puis en souleva le couvercle. Elle était bourrée de livres ; il en retira ceux de dessus. C'étaient des romans ; il en compta deux de Rhoda Broughton, *Evelina* en édition de poche et *John Halifax, Gent-*

leman de Mrs Craik. Il les retourna et les secoua mais leurs feuillets ne détenaient aucun secret. Dans le fond, il trouva deux paquets de romans pour adolescents, parmi lesquels figurait l'œuvre complète d'Angela Brazil. Wexford les empila par terre et retira une pile de volumes plus luxueux, certains reliés en daim, d'autres en cuir odorant ou en soie lavée.

Il ouvrit d'abord un volume relié en daim vert pâle aux pages dorées sur tranche. Sur la page de garde, quelqu'un avait écrit soigneusement à l'encre :

> « *Si l'amour était semblable à la rose*
> *Et si j'étais sa feuille,*
> *Nos vies s'écouleraient en symbiose*
> *Dans la joie comme dans le deuil...* »

Et juste en dessous :

Plutôt sentimental, n'est-ce pas, Minna, mais tu comprends ce que je veux dire. Très, très bon anniversaire. Avec tout mon amour, Doon. 21 mars 1950.

Burden regardait par-dessus l'épaule de Wexford.

— Qui est Minna ?

— Il va falloir demander à Parsons, répondit Wexford. C'est peut-être un livre d'occasion. Il a l'air de coûter cher. Je me demande pourquoi elle ne l'avait pas mis dans la bibliothèque. Mon Dieu, cet endroit supporterait un peu de lumière.

— Et qui est Doon ? insista Burden.

— Vous êtes détective, non, alors détectez !

Il reposa le livre par terre et en prit un autre. C'était l'*Oxford Book of Victorian Verse,* toujours recouvert de sa jaquette noire et gris perle ; Doon avait inscrit un autre message à l'intérieur. Wexford le lut à voix haute sans la moindre émotion.

Je sais combien tu avais envie de cet ouvrage, Minna. Imagine mon bonheur lorsque je l'ai trouvé chez Foyle's, qui m'attendait. Joyeux Noël. Doon, décembre 1950.

Le livre qu'il regarda ensuite était encore plus

magnifique dans sa reliure de soie lavée rouge et de cuir noir.

— Voyons le troisième, dit Wexford. *The poems of Christina Rossetti,* très beau bouquin, lettres dorées et tout. Je me demande ce que Doon a écrit cette fois. *Un cadeau qui n'est pas d'anniversaire, Minna chérie, de la part de Doon qui te souhaite d'être heureuse à jamais. Juin 1950.* Je me demande si cette Minna a bradé tout le lot à Mrs Parsons.

— Je suppose que Minna pourrait être Mrs Parsons, un surnom peut-être.

— J'y avais pensé, figurez-vous, rétorqua Wexford d'un ton sarcastique. Ce sont de très bons livres, Mike, pas le genre de bouquins qu'on peut trouver à une vente de charité, et ce serait pourtant bien le genre de Mrs Parsons. Regardez ça : *Omar Khayyam, Leaves of Grass* de Walt Whitman, William Morris. Si je ne me trompe, cet Omar Khayyam devait bien valoir dans les trois ou quatre livres. Et cet autre-là, *Verses of Walter Savage Landor.* C'est un ouvrage ancien et les feuilles n'ont même pas été coupées.

Il lut à voix haute l'inscription figurant sur la page de garde :

Je promets de rapporter avec moi
Ce qu'avec transport tu recevras,
Le seul présent digne de toi,
Que nul mortel ne te ravira.

Plutôt de circonstance, tu ne trouves pas, Minna ? Avec tout mon amour, Doon. 21 mars 1951.

— Ce n'était pas vraiment de circonstance, on dirait ! Et Minna, qui que ce soit, ne l'a pas reçu avec transport. Elle n'a même pas coupé les pages. Je vais aller en toucher deux mots à Parsons, puis on fera emmener tous ces livres au poste. Ce grenier me donne la chair de poule.

Mais Parsons ne savait pas qui était Minna et il eut l'air surpris lorsque Wexford mentionna la date du 21 mars.

— Je n'ai jamais entendu personne l'appeler Minna, assura-t-il avec dégoût, comme si ce nom était une insulte à sa mémoire. Ma femme ne m'a jamais parlé d'un ami du nom de Doon. Je n'ai même jamais vraiment bien regardé ces livres. Margaret et moi vivions dans la maison que sa tante lui a léguée jusqu'à ce qu'on vienne s'installer ici, et ces livres ont toujours été dans cette malle. On les a transportés avec le reste du mobilier. Je ne comprends pas ce que cela veut dire — cette date, le 21 mars, c'est l'anniversaire de Margaret.

— Cela peut ne rien vouloir dire, mais cela peut aussi tout expliquer, dit Wexford lorsqu'ils furent dans la voiture. Doon parle de la librairie Foyle's et Foyle's, au cas où vous ne le sauriez pas, mon cher ami provincial, se trouve à Londres dans Charing Cross Road.

— Mais Mrs Parsons avait seize ans en 1949, et elle est restée deux ans à Flagford. Elle ne devait vivre qu'à quelques kilomètres d'ici quand Doon lui offrait ces livres.

— Exact. Il aurait pu vivre ici également et aller à Londres pour la journée. Je me demande pourquoi les dédicaces étaient écrites en caractères d'imprimerie, Mike. Pourquoi ne les a-t-il pas écrites normalement ? Et pourquoi Mrs Parsons cachait-elle ces livres comme si elle en avait honte ?

— Ils feraient pourtant une meilleure impression dans la bibliothèque que *Les mariées dans le bain* ou je ne sais quoi de ce genre, remarqua Burden. Ce Doon était probablement fou d'elle.

Wexford sortit la photographie de Mrs Parsons de sa poche.

— Incroyable que cette femme ait jamais pu inspirer de la passion, ou de tels vers enflammés !

» "Heureuse à jamais", murmura-t-il. Mais l'amour n'est pas semblable à la rose. Je me demande si l'amour pourrait être un bois sombre et épais, une corde serrée étroitement autour d'un cou fragile ?

— Une corde ? demanda Burden. Pourquoi pas

une écharpe, ce truc rose en nylon ? Il n'est pas dans la maison.

— C'est possible. Je vous parie ce que vous voulez que ce foulard est avec la clef et le porte-monnaie. Beaucoup de femmes ont été étranglées avec un bas en nylon, Mike. Pourquoi pas avec un foulard en nylon ?

Il avait pris avec lui le Swinburne et le Christina Rossetti. C'était tout de même peu de chose, réfléchissait Burden, une pile de vieux bouquins et un jeune homme évasif. Doon... Doon. Si Minna était un surnom, Doon devait également être un pseudonyme. Maintenant, Doon devait être un homme de trente ou trente-cinq ans, peut-être marié avec des enfants, et qui avait tout oublié de son amour de jeunesse. Burden se demandait où Doon était à présent. Disparu, absorbé sans doute par le gigantesque labyrinthe londonien, ou alors vivant toujours à un ou deux kilomètres de là... Il eut un coup au cœur en se souvenant de la nouvelle zone industrielle de Stowerton, le dédale de ruelles de Pomfret avec une maison solitaire tous les deux cents mètres, et au nord, Sewingbury, où les routes se peuplaient de pavillons d'après-guerre qui se construisaient en étoile à partir du centre de la vieille ville et mangeaient peu à peu la campagne. À part cela, il y avait Kingsmarkham et les villages environnants, Flagford, Forby...

— Je suppose que ce Missal ne pourrait pas être Doon, dit-il avec espoir.

— Si c'est lui, répondit Wexford, il a sacrément changé.

Le fleuve léthargique de ma vie, Minna, s'est écoulé paresseusement vers une mer pacifique. Moi qui désirais si ardemment me laisser emporter par un torrent déchaîné ! C'était il y a bien longtemps.

Puis hier, Minna, hier au soir, je t'ai vue. Pas en rêve comme cela m'est si souvent arrivé, mais en réalité. Je t'ai suivie cherchant des lys sous tes pas... J'ai vu l'anneau d'or à ton doigt, l'entrave d'un amour importun, et j'ai hurlé, dans le silence de mon cœur, oui moi, moi aussi, j'ai connu les frayeurs nocturnes !

Mais depuis toujours, mon festin a été le festin de l'esprit, et pour cet être qui partage ma vie, ma chair est demeurée pareille à une chandelle sans flamme dans un coffret scellé. La lumière de mon âme a vacillé, faiblissant dans le vent âpre. Le coffret ne pourra jamais être ouvert ni la flamme ranimée, et pourtant la mèche de l'esprit implore avec ardeur les mains qui tiennent le cierge capable de chasser l'ombre de la solitude, la torche d'une douce intimité, l'étincelle d'une amitié retrouvée.

Je te verrai demain et nous parcourrons ensemble les chemins dorés de notre jeunesse. Sois sans crainte, la raison sera mon guide et une tendre modération saura retenir les rênes de mon transport. Tout ne sera-t-il pas merveilleux, Minna, charmant comme un rayon de soleil sur des visages d'enfants ?

7

Et lorsqu'elle démêlera
Toutes les séductions
Qu'elle a tissées autour de moi...
Francis Thompson,
The Mistress of Vision.

Une Jaguar noire, déjà ancienne mais bien entretenue, était garée devant la maison des Missal lorsque Wexford et Burden passèrent les grilles à 19 heures. Seules les roues étaient sales, les enjoliveurs éclaboussés de boue séchée.

— Je connais cette voiture, affirma Wexford. Je la connais mais je n'arrive pas à la situer. Je dois me faire vieux.

— Un cocktail, juste avec quelques amis, lança Burden d'un air solennel.

— Des mondanités dont je m'accommoderais bien de temps en temps, grommela Wexford en cognant sur la cloche de bateau.

Mrs Missal avait peut-être oublié qu'ils devaient passer, à moins que Inge n'ait pas été mise au courant, car la jeune fille eut l'air surpris et pourtant animé d'une joie mauvaise. Elle avait remonté ses cheveux sur le dessus de sa tête, à l'image d'Helen Missal mais avec moins de succès. Elle tenait un flacon de paprika dans la main gauche.

— Tous sont là, dit-elle. Deux sont venus dîner. Quel homme ! Franchement, c'est du gâchis de voir un homme comme lui s'enterrer dans la campagne anglaise. Mrs Missal dit : « Inge, vous ferez des lasagnes. » Tout sera italien, le paprika, la pâte, les piments... Ach, ce n'est qu'un jeu !

— Très bien, miss Wolff. Nous aimerions parler à Mrs Missal.

— Je vous montre. (Elle gloussa, ouvrit la porte du salon et annonça, comme si elle leur faisait une bonne surprise :) Voici les policiers !

Quatre personnes étaient assises dans les fauteuils aux rhododendrons et quatre verres de xérès étaient posés sur la table basse. Il se fit un silence pesant et Helen Missal rougit violemment. Puis elle se tourna vers l'homme assis entre elle et son mari, entrouvrit les lèvres comme si elle allait dire quelque chose, puis les serra à nouveau sans prononcer un mot.

Ainsi c'était lui dont Inge faisait si grand cas, pensa Burden. Quadrant ! Pas étonnant que Wexford ait reconnu la voiture.

— Bonsoir, Mr Quadrant, dit Wexford en laissant percer, par une légère inflexion de voix, sa surprise de le trouver en telle compagnie.

— Bonsoir, inspecteur-chef. Inspecteur Burden.

Burden connaissait depuis longtemps cet avocat qu'il avait souvent vu au tribunal de Kingsmarkham et toujours détesté sans savoir pourquoi. Il fit un signe de tête en direction de Quadrant et de la personne qui occupait le quatrième fauteuil et qui était probablement sa femme. Ils se ressemblaient un peu ; ils étaient tous les deux minces et bronzés, avec le même nez droit et les mêmes lèvres rouges bien dessinées. Quadrant avait l'allure d'un Grand d'Espagne sorti d'un tableau du Greco, ou peut-être d'un moine, mais d'après ce que savait Burden, il était anglais. Ces traits méridionaux étaient peut-être issus d'une ville de Cornouailles et peut-être Quadrant était-il le descendant d'un officier de marine de la Grande Armada. Sa femme avait l'élégance négligée des gens riches. Burden trouvait qu'à côté d'elle, la robe bleue d'Helen Missal avait l'air de provenir d'un supermarché. Ses doigts étaient chargés de bagues, et cela aurait pu être vulgaire si les pierres avaient été fausses, mais Burden était certain qu'elles ne l'étaient pas.

— Désolé de vous déranger encore, Mr Missal, dit Wexford, le regard attardé sur Quadrant. J'aimerais juste dire un mot à votre femme, si vous le permettez.

Missal se leva, le visage déformé par une colère impuissante. Il avait l'air plus gras que jamais, boudiné dans son costume de lin gris. Puis Quadrant fit une chose curieuse : il prit une cigarette dans la boîte sur la table, la porta à ses lèvres et l'alluma du côté du filtre. Fasciné, Burden le regarda s'étouffer et jeter la cigarette dans le cendrier.

— J'en ai par-dessus la tête de tout cela, cria Missal. On ne peut même pas passer une soirée tranquille avec des amis sans être poursuivi jusque chez soi. J'en ai assez. Ma femme vous a déjà répondu, cela devrait vous suffire.

— Il s'agit d'un meurtre, monsieur, précisa Wexford.

— Nous allions dîner, fit Helen Missal d'un ton boudeur en lissant sa robe bleue et en tripotant nerveusement son collier de perles. Nous serions peut-être mieux dans ton bureau, Pete. Inge doit préparer la salle à manger. Mon Dieu ! Vous ne pouvez donc pas me laisser tranquille ! (Puis elle se tourna vers la femme de Quadrant et dit :) Veux-tu m'excuser un instant, Fabia chérie ? Si tu peux supporter l'idée de rester dîner chez des criminels, bien sûr.

— Tu es sûre que tu ne veux pas que Douglas t'accompagne ? En temps qu'avocat, je veux dire, intervint Fabia Quadrant d'un ton amusé.

Burden se demanda si les Missal ne les avaient pas prévenus de leur visite imminente en évoquant un prétendu problème de stationnement interdit. Mais Wexford avait parlé de meurtre, et Quadrant était visiblement effrayé lorsqu'il avait allumé sa cigarette à l'envers.

— Soyez bref, dit Missal.

Ils entrèrent dans le bureau et Wexford ferma la porte derrière lui.

— Je veux que vous me rendiez mon rouge à lèvres, et je vous interdis de gâcher mon dîner, intima Helen Missal.

Imperturbable, Wexford lui lança :

— Et moi je veux savoir avec qui vous étiez lorsque vous avez perdu votre rouge à lèvres, madame.

— C'était juste un ami, répondit-elle. (Elle leva les yeux avec coquetterie vers Wexford et minauda comme une petite fille qui demande la permission d'inviter sa copine pour le goûter.) N'ai-je pas le droit d'avoir des amis ?

— Mrs Missal, si vous vous obstinez à refuser de me donner le nom de cet homme, je me verrai dans l'obligation d'interroger votre mari.

Burden commençait à avoir l'habitude de ses changements d'humeur, mais il fut tout de même surpris par la violence de sa colère.

— Vous n'êtes qu'un ignoble salaud ! cria-t-elle.

— Ce genre d'insulte ne me touche guère, madame. Vous savez, j'ai l'habitude de fréquenter des milieux où ce langage est très courant. Son nom, je vous prie. C'est une enquête sur un meurtre.

— C'était Douglas Quadrant, si vous voulez savoir !

« Cela expliquerait l'incident de la cigarette », pensa Burden.

— Inspecteur Burden, dit Wexford, voulez-vous emmener Mr Quadrant dans la salle à manger — le dîner de miss Wolff attendra — et lui demander ce qu'il a fait mercredi soir ? À moins que ce ne soit mardi après-midi, Mrs Missal ?

Burden sortit et Wexford soupira légèrement :

— Très bien, madame, maintenant vous allez tout recommencer depuis le début et me raconter ce que vous avez fait mercredi soir.

— Qu'est-ce que ce type va dire devant mon mari ?

— Rassurez-vous, l'inspecteur Burden est quelqu'un de très discret. En admettant que votre version des faits me donne entière satisfaction, je suis certain que vous saurez convaincre votre mari que Mr Quadrant n'était consulté qu'en sa qualité d'avocat.

Ce fut l'attitude adoptée par Burden en rentrant dans le salon.

— Y a-t-il un problème avec Mrs Missal, inspecteur ? demanda Fabia Quadrant, sur le même ton qu'elle aurait pu avoir en demandant à un domestique s'il avait satisfait les désirs d'un invité. J'imagine que mon mari peut régler cela.

Quadrant se leva avec nonchalance. Burden fut surpris qu'il n'offre aucune résistance. Ils entrèrent dans la salle à manger et Burden tira deux chaises de la table, mise avec un set de table sous chaque assiette, de hauts verres fumés violets, des couverts en argent et des serviettes pliées en forme de nénuphars.

— Un homme est un homme, répondit Quadrant sans la moindre gêne quand Burden le questionna sur sa promenade en voiture avec Helen Missal. Mrs Missal est parfaitement heureuse dans son ménage et moi également. Nous aimons simplement vivre un peu dangereusement tous les deux de temps en temps. Faire une promenade, aller prendre un verre... On ne fait pas de mal et tout le monde n'en est que plus heureux.

Il se montrait déconcertant à force de franchise. Burden se demanda pourquoi. Cela ne concordait pas avec sa première réaction. Tout le monde n'en était que plus heureux ? Missal n'avait pas l'air si heureux que cela... et la femme aux bagues ? Elle avait toujours l'argent pour se consoler. Mais qu'est-ce que tout cela avait à voir avec Mrs Parsons ?

— Nous sommes allés dans le chemin, dit Quadrant. Nous avons garé la voiture et sommes restés à la lisière du bois pour fumer une cigarette. Vous savez comme c'est désagréable de fumer dans une voiture, inspecteur. (Quadrant s'adressait à Burden comme à un autre homme du monde.) J'ai peur de ne pas pouvoir vous aider au sujet du rouge à lèvres. Mrs Missal est quelqu'un de plutôt insouciant. Elle a tendance à être négligente lorsqu'il s'agit de choses sans importance. (Il sourit.) C'est peut-être ce qui me plaît chez elle.

Burden avait vu Quadrant ce jour-là mais il ne l'avait pas eu sous les yeux toute la journée.

— Je suppose que tout ceci a eu lieu mercredi, dit Burden, pas mardi après-midi par hasard ?

— Allons, inspecteur. J'étais au tribunal mardi toute la journée. Vous m'y avez vu vous-même.

— Nous aimerions regarder vos pneus de voiture, monsieur.

En disant cela, Burden savait que c'était inutile. Quadrant avait déjà reconnu être allé sur le sentier mercredi.

Dans le bureau, Helen Missal racontait pratiquement la même histoire à Wexford.

— Nous ne sommes pas entrés dans le bois, disait-elle. Nous sommes restés sous les arbres. J'avais pris mon sac avec moi parce que j'avais pas mal d'argent dedans et je pense que j'ai dû laisser tomber mon tube de rouge quand j'ai ouvert mon sac pour prendre un mouchoir.

— Vous n'avez jamais perdu la voiture des yeux ?

Le piège était tendu et elle tomba dedans :

— Non, nous sommes restés tout le temps à proximité, à bavarder sous les arbres, répondit-elle.

— Vous devez être une personne très nerveuse, Mrs Missal, nerveuse et extrêmement prudente. Mr Quadrant était avec vous, la voiture était en vue, mais vous aviez peur que quelqu'un n'essaie de voler votre sac sous vos yeux.

Elle avait peur, maintenant, et Wexford était convaincu qu'elle ne lui avait pas tout dit.

— Écoutez, c'est ainsi que cela s'est passé. Je ne peux tout de même pas justifier tout ce que je fais.

— J'ai bien peur que si, madame. Je suppose que vous avez conservé votre ticket de cinéma ?

— Oh, Seigneur ! Vous ne pouvez pas me laisser

tranquille ? Bien sûr que je ne garde pas les tickets de cinéma.

— Vous ne prenez pas beaucoup de précautions, madame. Il aurait été prudent de le garder au cas où votre mari vous aurait demandé de lui montrer. Ayez l'amabilité de rechercher ce ticket et de me l'apporter au poste quand vous l'aurez trouvé. Son numéro permettra de savoir si vous êtes allée au cinéma mardi ou mercredi.

Quadrant l'attendait dans la salle à manger, debout près du buffet à présent, occupé à lire les étiquettes de deux bouteilles de vin blanc. Burden était toujours assis à la table.

— Ah, inspecteur-chef, « quelle toile enchevêtrée nous tissons lorsque nous nous exerçons au mensonge ! », dit Quadrant de cette voix qu'il utilisait pour attendrir le cœur de juges inexpérimentés.

— J'aimerais que vous puissiez convaincre Mrs Missal de la vérité de cette maxime, cher monsieur. Il est très dommage pour vous que vous ayez choisi ce chemin pour... bavarder avec elle mercredi soir.

— Permettez-moi de vous assurer, inspecteur-chef, que ce n'était qu'une fâcheuse coïncidence. (Il regardait toujours les bouteilles de Barsac embuées et glacées.) Si j'avais découvert le corps de Mrs Parsons dans le bois, il est évident que je serais venu vous prévenir immédiatement. Dans ma position, je veux dire dans ma position particulière, j'estime tout à fait normal de vous apporter toute l'aide possible, à vous les défenseurs de l'ordre.

— C'est une position particulière, en effet. Ce que j'appellerais un mauvais coup du sort.

Au salon, Missal et Fabia Quadrant restaient silencieux. Burden trouva qu'ils avaient l'air d'avoir peu de chose en commun. Helen Missal et l'avocat entrèrent en souriant gaiement, comme s'ils s'étaient adonnés à un jeu de société. La charade avait été posée et les mots découverts ; maintenant tout le monde pouvait aller dîner.

— On peut peut-être dîner, maintenant, suggéra d'ailleurs Missal.

Wexford le regarda.

— Je crois que vous étiez à Kingsmarkham mardi après-midi, Mr Missal ? Auriez-vous l'obligeance de me dire où vous étiez exactement, et si l'on vous a vu ?

— Non, il n'en est pas question, répliqua Missal, sûrement pas. Vous avez envoyé votre larbin...

— Oh, Peter, l'interrompit Fabia Quadrant, larbin ! Quel vocabulaire !

Burden resta de marbre, impassible. Missal reprit :

— Vous avez envoyé votre sous-fifre m'interroger devant mes clients et mon personnel. Vous persécutez ma femme. Pas question que je vous donne mon emploi du temps détaillé !

— Moi, j'ai dû le faire, dit Helen Missal qui semblait contente d'elle, ravie de voir le centre d'attention se déplacer sur son mari.

— J'aimerais prélever un échantillon sur les pneus de votre voiture, dit Wexford, et Burden se demanda avec désespoir s'ils allaient devoir gratter la boue des roues de toutes les voitures de Kingsmarkham.

— La Mercedes est dans le garage, indiqua Missal. Faites comme chez vous. D'ailleurs, c'est ce que vous faites à l'intérieur, pourquoi ne pas en faire autant dehors ? Vous voudriez peut-être louer la pelouse pour en faire un terrain de sport de la police.

Fabia Quadrant sourit légèrement, son mari pinça les lèvres et regarda par terre. Mais Helen Missal ne riait pas. Elle lança un rapide coup d'œil à Quadrant et Burden crut déceler un imperceptible frisson. Puis elle leva son verre et avala le xérès d'un seul trait.

Wexford était assis à son bureau, griffonnant distraitement sur un morceau de papier. L'heure de fermeture des bureaux était passée depuis longtemps mais ils devaient encore passer en revue les événements de la journée, les remarques en apparence anodines, les réponses évasives, et en discuter. Burden constata que l'inspecteur-chef écrivait, apparemment sans comprendre, les deux noms qu'il avait gribouillés le matin où Mrs Missal était venue le trouver pour la première fois : « Missal, Parsons ; Parsons, Missal ».

— Mais quel est le lien, Mike ? Il doit bien y avoir un rapport. (Wexford soupira et barra les noms d'une épaisse ligne noire.) Vous savez, parfois j'aimerais bien que ce soit le Mexique. On pourrait avoir un flacon de gnôle dans le placard. De la téquila ou un tord-boyaux de ce genre. Cet éternel thé me donne envie de vomir.

— Quadrant et Mrs Missal..., commença lentement Burden.

— Ça a l'air de rudement bien rouler entre eux, l'interrompit Wexford ; je parie qu'ils s'envoient en l'air sur la banquette arrière de la Jag !

Burden fut choqué.

— Une femme comme elle ? Pourquoi n'iraient-ils pas dans un hôtel ?

— La meilleure chambre de l'*Olive and Dove* ? Vous n'y êtes plus. Il ne peut pas aller près de chez elle à cause d'Inge et elle ne peut pas aller chez lui à cause de sa femme.

— Où est-ce qu'il habite ?

— Vous voyez où Mrs Missal range sa voiture ? Eh bien, en haut de la rue, sur le trottoir d'en face, au coin de ce que nos collègues en uniforme appellent la « jonction » avec Upper Kingsbrook Road. Cette maison avec les tourelles. Elle ne pourrait pas y aller à cause de « Fabia chérie ». J'ai idée qu'ils sont allés dans le chemin parce que Dougie Quadrant le connaît bien, parce qu'il y emmène tous ses coups. C'est tranquille, c'est sombre et c'est moche. Juste ce qu'il leur faut, à lui et à Mrs Missal. Quand ils ont terminé leurs petits jeux à l'arrière de la voiture, ils vont faire un tour dans le bois...

— Mrs Missal a peut-être vu un lapin, monsieur, dit Burden innocemment.

— Au nom du ciel, Mike ! rugit Wexford. Je ne sais

pas pourquoi ils sont allés dans le bois ; peut-être que Mrs Missal espérait remettre ça dans les buissons sous la protection de Mère Nature. Ils ont peut-être vu le corps...

— Quadrant serait venu nous trouver.

— Pas si Mrs Missal l'a persuadé de n'en rien faire sous prétexte que leurs conjoints respectifs risquaient de découvrir leur liaison. Elle a sûrement cherché à le convaincre et notre courtois Dougie, qu'aucune femme jamais n'entendit prononcer le mot « non » — je sais lire, Mike — notre courtois Dougie a accepté de ne rien dire.

Burden avait l'air perplexe. Il dit enfin :

— Quadrant était terrifié, chef. Il est resté pétrifié de trouille quand on est entrés.

— J'imagine qu'il a compris que cela finirait par se savoir. Sa femme était là. C'est tout à fait naturel.

— Justement, vous n'auriez pas trouvé plus naturel qu'il essaie de nous cacher cela ? Au contraire, il s'est montré presque trop franc.

— Peut-être n'avait-il pas peur qu'on l'interroge à ce sujet, dit Wexford, mais plutôt peur de ce qu'on allait lui demander.

— Ou de ce que Mrs Missal pourrait dire.

— Quoi qu'il en soit, nous n'avons pas posé la bonne question, ou alors elle a donné la bonne réponse. La bonne réponse de son point de vue à lui, bien sûr.

— Je lui ai demandé ce qu'il avait fait mardi. Il a répondu qu'il était au tribunal toute la journée et que moi-même je l'y avais vu. Ce qui est vrai, à plusieurs reprises.

Wexford bougonna :

— Moi aussi. Je l'ai vu, mais je ne l'ai pas surveillé, ce qui fait une sacrée différence. J'étais en haut dans la salle d'audience n° 1, pendant qu'il plaidait en bas cette affaire de conduite en état d'ivresse. Laissez-moi réfléchir. La séance a été ajournée à 13 heures et a repris à 14 heures.

— Nous sommes allés au *Carousel* pour déjeuner.

— Lui aussi, je l'ai vu. Mais nous sommes montés à l'étage, Mike. Il en a peut-être fait autant mais je n'en sais rien. Il était de retour au tribunal pour 14 heures mais sans sa voiture. Il vient à pied lorsqu'il est si près de chez lui.

— Missal devrait bien en faire autant, remarqua Burden ; ça ne lui ferait pas de mal de perdre un peu de lard, à cette espèce de gros tas. Larbin ! ajouta-t-il d'un air dégoûté.

— Sous-fifre, Mike, rectifia Wexford en souriant.

— Je me demande pourquoi il refuse de nous dire où il était mardi ?

— Dieu seul le sait ; mais les pneus de sa voiture étaient propres comme un sou neuf.

— Il aurait pu la laisser sur la route de Pomfret.

— Exact.

— J'imagine que Mrs Missal aurait pu se mettre dans l'idée que Quadrant avait une liaison avec Mrs Parsons.

Depuis quelques instants, Wexford commençait à s'agiter.

— Soyons sérieux, Mike. Dougie Quadrant et Mrs Parsons ? Cela fait des années qu'il trompe sa femme. C'est de notoriété publique. Mais vous avez vu le genre de minette qu'il tombe ? High Street le samedi matin est jonchée des restes de celles qu'il a larguées et qui se consolent de leur virginité perdue et de leur mariage brisé en exhibant leur nouvelle petite voiture. Mrs Parsons n'était pas son genre. De toute manière, Mrs Missal n'aurait pas tué pour lui. C'était pour elle une façon de se divertir des habituelles soirées mornes en compagnie de son mari ; juste un peu plus marrant que la télé.

Burden était toujours frappé par les accès de franc-parler de son chef. Wexford était intuitif, parfois même lyrique, mais il savait aussi être vulgaire.

— Je croyais que c'était seulement les hommes qui voyaient les choses de cette manière. Elle risquait gros pour une simple aventure.

— Il faut vous mettre à la page, Mike, dit Wexford

d'un ton cinglant. L'*Oxford Book of Victorian Verse* est exactement ce qu'il vous faut. Je vais vous le prêter, faites-en votre livre de chevet.

Burden prit le livre et le feuilleta : Walter Savage Landor, Coventry Patmore, Caroline Elizabeth Sarah Norton... autant de poètes aux noms poussiéreux qui semblaient émerger d'un lointain passé. Quel lien pouvaient-ils avoir avec Minna l'étranglée et avec les hystériques Missal ? Amour, péché, douleur étaient les mots qui surgissaient presque à chaque vers. Ils résonnaient comme de ridicules anachronismes en comparaison de la désinvolture de Quadrant.

— Un lien, Mike, fit Wexford. C'est ça qui nous manque, un lien.

Mais ils ne devaient rien découvrir ce soir-là. Wexford s'empara de deux autres ouvrages :

— Juste au cas où notre Mr Doon ait souligné quelques mots ou inscrit quelques remarques fantaisistes.

Puis ils sortirent dans la fraîcheur du soir. De l'autre côté du pont, la voiture de Quadrant était toujours là.

8

Une de mes cousines il y a bien longtemps,
Une petite chose que nous a confiée le miroir...

James Thomson,
In the Room.

Un oiseau chantait sous la fenêtre du bureau de Wexford ; « Probablement un merle », pensa Burden. Il avait toujours aimé l'écouter jusqu'au jour où Wexford lui avait appris qu'il sifflait les premières mesures de la « Polka du tonnerre et des éclairs » ; depuis lors, cette rengaine quotidienne l'ennuyait. Il aurait aimé que l'oiseau chantât la suite de la mélodie, ou au moins y apportât quelques variantes. D'ailleurs, ce matin-là, il en avait assez des merles, alouettes et autres rossignols, assez des jeunes filles qui, emprisonnées dans de lugubres châteaux, mouraient à la fleur de l'âge en écoutant leurs anémiques soupirants leur donner la sérénade en s'accompagnant d'un luth et d'un tambourin. Il était resté la moitié de la nuit à lire l'*Oxford Book* et était loin d'être convaincu qu'il pût y avoir un quelconque rapport avec la mort de Mrs Parsons.

La journée s'annonçait belle, trop belle pour mener une enquête. Lorsque Burden entra, Wexford était déjà à son bureau en train de tourner les pages du volume relié daim de Swinburne. Les autres livres de Doon avaient été déménagés de la maison de Tabard Road et empilés sur le classeur de Wexford.

— Vous avez trouvé quelque chose, monsieur ?

— Absolument rien, mais il m'est venu une idée. Je vous en parlerai lorsque nous aurons lu le rapport de Balham. Il vient juste de me parvenir.

Le rapport était tapé sur deux feuilles de papier ministre. Burden s'installa et commença à le parcourir :

« Margaret Iris Parsons, née Godfrey, au 213 Holderness Road, Balham, le 21 mars 1933, était la fille d'Arthur Godfrey, infirmier, et de sa femme Iris Drusilla Godfrey. De 1938 à 1940, Margaret Godfrey fréquenta l'école primaire d'Holderness Road, puis le collège voisin, de 1940 à 1944. Ses parents ayant été tués dans le bombardement de Balham en 1942, Margaret alla vivre au 42 St John's Road, Balham, chez sa tante et tutrice légale, Mrs Ethel Mary Ives, épouse du soldat Geoffrey Ives, membre de l'Armée de l'air régulière. À cette époque, la famille comptait aussi Anne Mary Ives, leur fille, née le 21 février 1932 à Balham.

» Le soldat Ives fut muté à Flagford, Sussex, à la caserne de la Royal Air Force en septembre 1949 (date exacte inconnue). Mrs Ives loua sa maison et tout le monde quitta Balham pour aller s'installer à Flagford.

» À la mort de Geoffrey Ives, terrassé par une thrombose coronaire (Hôpital de la Royal Air Force de Sewingbury, juillet 1951), Mrs Ives, sa fille et Margaret Godfrey retournèrent vivre ensemble au 42 St John's Road à Balham.

» De septembre 1951 à juillet 1953, Margaret Godfrey fut étudiante à l'université de jeunes filles Albert Lake de Stoke Newington à Londres.

» Le 15 août 1952, Anne Ives épousa le soldat Wilbur Stobart Katz, de l'Armée américaine, à la chapelle méthodiste de Balham, et partit pour les États-Unis avec son mari en octobre 1952 (date exacte inconnue).

» Margaret Godfrey rejoignit l'équipe d'instituteurs de l'école primaire d'Holderness Road à Balham en septembre 1953.

» Ronald Parsons (employé de bureau) loua une chambre au 42 St John's Road en avril 1954 à l'âge de 27 ans. Mai 1957, décès de Mrs Ethel Ives d'un cancer (Guy's Hospital de Londres), enregistré à Balham par Margaret Godfrey. Margaret Godfrey et Ronald Parsons se marièrent à la chapelle méthodiste de Balham en août 1957 et s'installèrent au 42 St John's Road, la maison ayant été léguée conjointement à Mrs Parsons et à Mrs Wilbur Katz, selon la volonté de Mrs Ives.

Le 42 St John's Road fut acheté d'office par le conseil municipal de Balham en novembre 1962, obligeant Mr et Mrs Parsons à déménager à Kingsmarkham, Sussex, après que Mrs Parsons eut démissionné de son poste à l'école d'Holderness Road.

(Sources : Officier de l'état civil de Balham ; Révérend Albert Derwent, pasteur de la chapelle méthodiste de Balham ; archives de la Royal Air Force ; archives de la U.S. Air Force ; rectorat de Londres ; Guy's Hospital ; conseil municipal de Balham.) »

— Je me demande où est Mrs Wilbur Katz, à présent ? fit Burden.

— Vous avez des cousins aux États-Unis, Mike ? demanda Wexford d'un ton calme, faussement affable.

— Je crois que oui.

— Moi aussi, et c'est le cas de la moitié des gens que je connais. Mais en fait, personne ne sait où ils sont ni même s'ils sont encore en vie.

— Vous disiez que vous aviez peut-être une idée, chef ?

Wexford saisit le rapport et frappa le second paragraphe de son gros index.

— Cela m'est venu cette nuit, commença-t-il, entre deux poèmes de Whitman et Rossetti — tiens, on dirait des noms de gangsters, vous ne trouvez pas ? Bon sang, Mike, j'aurais dû y penser plus tôt ! Même quand Parsons m'a dit que sa femme avait vécu ici lorsqu'elle avait seize ans, cela n'a pas fait tilt. Le pauvre flic de campagne que je suis a cru que

Mrs Parsons avait quitté l'école à l'époque. Mais elle était enseignante, Mike, elle a été formée à l'université. Elle a bien dû aller à l'école quand elle était à Flagford ! Je suppose qu'ils sont venus à Flagford juste après qu'elle a commencé de suivre ses cours pour devenir institutrice, peu importe comment on appelait ça à l'époque, et quand elle est arrivée, elle est retournée tout droit à l'école.

— Il n'y a que deux écoles de filles dans le coin, affirma Burden. Le lycée de Kingsmarkham et cette espèce de couvent à Sewingbury ; l'Institut Ste Catherine.

— Elle ne serait sûrement pas allée chez les bonnes sœurs, elle est méthodiste ; sa tante aussi d'après ce que l'on sait : sa fille s'est mariée dans une église méthodiste en tout cas. On n'a pas de veine : c'est samedi, aujourd'hui, l'école est fermée.

» Je veux que vous me dénichiez la directrice — vous pouvez vous dispenser de venir à l'enquête, j'y serai. C'est une certaine miss Fowler, elle habite York Road. Voyez ce que vous pouvez en tirer. Ils doivent bien conserver des archives. Ce qu'il nous faut, c'est une liste des jeunes filles qui étaient dans la classe de Margaret Godfrey entre septembre 1949 et juillet 1951.

— Ça va être un sacré boulot pour les retrouver, monsieur.

— Je sais, Mike, mais c'est tout ce qu'on a. Et il se pourrait bien que ce soit la bonne piste. On connaît tout de la vie de Margaret Parsons à Balham, et ça n'est pas la peine d'être sorcier pour voir qu'elle était plutôt morne. D'après ce qu'on sait, seulement deux choses extraordinaires lui sont arrivées. L'amour et la mort, Mike, l'amour et la mort. Et toutes les deux ont eu lieu dans mon secteur. Quelqu'un l'a aimée ici et lorsqu'elle est revenue, c'est ici que ce quelqu'un l'a tuée. Il est possible que l'une de ces jeunes filles se souvienne de son petit ami, un ami possessif et doté d'une excellente mémoire.

— Si seulement un citoyen à l'esprit civique et aimant les flics pouvait entrer ici, soupira Burden, et juste nous dire qu'il connaissait Mrs Parsons, ou simplement qu'il était sorti avec elle en 1950 ou même seulement qu'il l'a vue dans un magasin la semaine dernière. (Son visage s'assombrit un instant en pensant au rapport.) Plutôt en mauvaise santé, tous ces gens, non ? Cancer, thrombose coronaire...

Wexford articula lentement :

— Lorsque Parsons nous a raconté sommairement la vie de sa femme, je me suis demandé pourquoi il avait dit : « Son oncle est mort, c'est pas qu'il ait été tué, lui. » Ce n'est qu'un détail, mais je comprends maintenant. Les parents de Mrs Parsons furent effectivement tués, mais pas dans le sens où nous autres flics l'entendons.

Burden sortit, traversa le tribunal derrière le poste de police et téléphona à miss Fowler. Une voix grave et raffinée répondit en se présentant. Avant que Burden ait pu terminer ses explications, miss Fowler l'interrompit et affirma que Margaret avait bien été dans son lycée mais qu'elle ne se souvenait pas très bien d'elle depuis tout ce temps. Toutefois, elle l'avait revue récemment à Kingsmarkham et l'avait reconnue sur la photo du journal après son assassinat.

— Franchement, inspecteur, ajouta-t-elle, quelle horrible chose !

« Elle s'exprimait comme si le meurtre l'avait offensée plutôt qu'affligée », songea Burden, « ou comme s'il était impensable que l'éducation dispensée dans son école ait pu faire d'une seule de ses élèves la victime d'un meurtrier ».

Il s'excusa de la déranger et lui demanda si elle pouvait lui fournir la liste que voulait Wexford.

— Je vais passer un coup de fil à Mrs Mortlock, notre secrétaire, répondit miss Fowler. Je vais lui demander de faire un saut à l'école et de regarder dans les anciens dossiers. Pourriez-vous me rappeler vers l'heure du déjeuner, inspecteur ?

Burden la remercia de son aide.

— Je vous en prie. Cela ne me dérange pas, franchement, assura-t-elle.

L'enquête judiciaire ne dura qu'une demi-heure et la déposition du Dr Crocker prit dix minutes à elle seule. Il déclara que la mort avait été causée par étranglement au moyen d'un foulard ou autre morceau de tissu. Le corps de Mrs Parsons ne portait aucune autre blessure et n'avait pas subi d'agression sexuelle. Elle avait été une femme en excellente santé, légèrement trop forte pour sa taille. Dans sa déposition, Wexford estima qu'il était impossible de déterminer s'il y avait eu une lutte dans la mesure où le bois avait été complètement piétiné par les vaches de Prewett. On appela à nouveau le médecin qui déclara avoir trouvé quelques égratignures superficielles sur les jambes de la morte, mais si légères qu'il ne pouvait déterminer si elles avaient été faites avant ou après la mort.

Le verdict conclut au meurtre par une ou plusieurs personnes inconnues.

Ronald Parsons était tranquillement resté à sa place pendant toute la séance, se contentant de tortiller un mouchoir entre ses doigts. Il garda la tête baissée lorsque le coroner vint lui témoigner quelques marques formelles de sympathie auxquelles il se contenta de répondre par un léger signe de tête. Il avait l'air si accablé de chagrin que Wexford fut surpris quand il le rattrapa et lui posa la main sur le bras alors qu'il traversait la cour pavée du tribunal.

Sans préambule, Parsons annonça :

— Une lettre est arrivée ce matin pour Margaret.

— Comment ça, une lettre ? dit Wexford en s'arrêtant net.

Il avait vu en quoi consistait le courrier de Mrs Parsons : de la publicité et des notes de chauffage.

— De sa cousine des États-Unis, précisa Parsons.

Il respira profondément et frissonna malgré la chaleur du soleil.

En l'observant d'un peu plus près, Wexford se rendit compte qu'il n'était plus hagard. Une amertume nouvelle semblait l'habiter.

— Je l'ai ouverte.

Il dit cela d'un air coupable. Elle était morte et l'on avait pillé ses biens. Même ses lettres maintenant, des lettres reçues de façon posthume, allaient être examinées, leurs mots disséqués aussi méticuleusement que l'avait été son propre corps dévoilé.

— Je ne sais pas..., commença-t-il, je ne comprends pas, mais il y a une allusion à quelqu'un appelé Doon.

— Vous l'avez sur vous ? demanda brusquement Wexford.

— Dans ma poche.

— Allons dans mon bureau.

Si Parsons remarqua les livres de sa femme étalés dans toute la pièce, il n'en laissa rien paraître. Il s'assit et tendit une enveloppe à Wexford. Une adresse était écrite à la main au dos, juste au-dessous de la déchirure que Parsons avait faite en l'ouvrant : « Mrs Wilbur S. Katz, 1183 Sunflower Park, Slake City, Colorado, USA. »

— Je suppose qu'il s'agit de miss Anne Ives, fit Wexford. Est-ce que votre femme entretenait une correspondance régulière avec elle ?

Parsons eut l'air surpris d'entendre prononcer ce nom.

— Je ne dirais pas régulière. Elle écrivait une ou deux fois par an. Je n'ai jamais rencontré Mrs Katz.

— Votre femme lui a-t-elle écrit récemment, disons depuis votre arrivée ici ?

— Je n'en sais rien, inspecteur-chef. À vrai dire, ce que je savais de Mrs Katz ne m'intéressait pas. Quand elle écrivait, c'était pour raconter à Margaret tout ce qu'elle possédait — des voitures, des machines à laver, ce genre de choses... Je ne sais pas si cela affectait Margaret. Elle aimait beaucoup sa cousine et elle ne lui a jamais reproché de parler de ces choses. Mais moi, je lui ai bien fait comprendre ce que j'en pensais et elle a cessé de me montrer les lettres.

— Si j'ai bien compris, la maison avait été léguée conjointement à votre femme et à Mrs Katz. Sans doute... ?

Parsons l'interrompit amèrement :

— Nous lui avons racheté sa part, inspecteur-chef. Jusqu'au dernier penny des sept cents livres que cela nous a coûté — nous sommes passés par une banque de Londres. Ma femme a dû travailler à plein temps pour qu'on puisse y arriver, et quand on a enfin eu terminé de tout rembourser, le conseil municipal nous l'a rachetée pour neuf cents livres. Ils avaient une sorte d'ordre.

— Je vois, fit Wexford, un ordre d'expropriation.

Il passa la tête par la porte et ordonna d'une voix tonitruante :

— Sergent Camb ! Du thé, s'il vous plaît, et une autre tasse. (Puis il se tourna vers Parsons.) J'aimerais lire cette lettre, si vous le permettez, Mr Parsons.

Elle était écrite sur du fin papier bleu et Mrs Katz avait trouvé plein de choses à raconter à sa cousine. Les deux premières pages étaient entièrement consacrées au récit de vacances en Floride avec son mari et ses trois enfants, à sa nouvelle voiture, au barbecue que son mari venait de lui acheter. Mr et Mrs Parsons étaient invités à venir passer des vacances à Slate City. Wexford commençait à comprendre ce que Parsons avait voulu dire.

La dernière page était beaucoup plus intéressante.

« *J'ai été drôlement surprise d'apprendre que Ron et toi aviez déménagé à Kingsmarkham. Je parie que c'était son idée, pas la tienne. Ainsi, tu as revu Doon, n'est-ce pas ? Je donnerais cher pour savoir qui c'est. Il faut que tu me le dises et que tu cesses de parler par énigmes.*

» *De toute façon, je ne vois vraiment pas pourquoi tu devrais avoir peur de Doon. Peur de quoi, grands dieux ? Il n'y a jamais rien eu de sérieux. (Tu vois ce que je veux dire, Maggie.) Je ne peux pas croire que*

Doon ait gardé les mêmes sentiments après tout ce temps. Tu as toujours été si soupçonneuse !!! Mais si revoir Doon signifie des balades en voiture et quelques invitations au restaurant, tu aurais tort de t'en priver.

» *Au fait, quand allez-vous vous décider à acheter une voiture ? Wil me dit toujours qu'il ne comprend pas comment vous pouvez vous en passer...* »

Il s'ensuivait quelques remarques du même genre, ponctuées de points d'exclamation et de mots doublement soulignés. La lettre s'achevait sur ces mots :

« ... *Mes amitiés à Ron et rappelle-lui que vous êtes toujours les bienvenus à Sunflower Park dès qu'il vous prend l'envie de venir dans le Colorado. Je t'embrasse bien fort. Greg, Joanna et Kim envoient de gros baisers à leur chère tante Maggie.* »

— Cela peut être très important Mr Parsons, constata Wexford. J'aimerais conserver cette lettre.

Parsons se leva sans avoir touché à sa tasse de thé et dit :

— J'aurais voulu que cette lettre n'arrive jamais. Je voulais me souvenir de Margaret telle que je la connaissais. Je croyais qu'elle était différente. Maintenant, je sais qu'elle ne valait pas mieux que les autres et qu'elle sortait avec un autre homme pour avoir ce que je ne pouvais pas lui offrir.

Wexford repartit tranquillement :

— J'en ai bien peur, en effet. Mais dites-moi, vous n'aviez aucun soupçon ? On dirait que Doon la connaissait déjà quand elle vivait à Flagford et l'a revue lorsqu'elle est revenue ici. Elle a dû aller à l'école ici, Mr Parsons. Vous ne le saviez pas ?

Parsons eut-il l'air sournois d'un seul coup, ou était-ce juste le désir de se rattacher à certains vestiges de sa vie privée, ou son mariage brisé à la fois par l'infidélité et la mort, qui le fit rougir et s'impatienter ?

— Elle n'était pas heureuse à Flagford. Elle ne voulait pas en parler alors j'ai cessé de lui poser des questions. J'imagine qu'elle a souffert de tous ces snobs. Je respectais sa réticence, inspecteur.

— Vous parlait-elle de ses anciens amis ?

— Ce chapitre était clos, assura Parsons, pour tous les deux. Je ne voulais pas savoir, vous comprenez. (Il alla jusqu'à la fenêtre et scruta la rue comme s'il faisait nuit alors qu'on était en plein jour.) Nous n'étions pas du genre à avoir des liaisons. (Le souvenir de la lettre le fit taire un instant.) Je ne peux pas y croire. Je ne peux pas croire ça de Margaret. C'était une épouse dévouée, inspecteur. Une épouse dévouée et aimante. Je ne peux pas m'empêcher de penser que cette Mrs Katz a inventé cela de toutes pièces.

— Nous en saurons un peu plus lorsque la dernière lettre que votre femme lui a écrite arrivera au Colorado, affirma Wexford. J'espère pouvoir la récupérer ; il n'y a pas de raison qu'elle ne puisse pas être mise à votre disposition.

— Merci infiniment, murmura Parsons.

Il hésita un instant, caressa furtivement la couverture verte qui abritait les vers de Swinburne et sortit rapidement du bureau.

Wexford comprit qu'il tenait enfin une piste. Il décrocha le téléphone et demanda à la standardiste de lui composer un numéro aux États-Unis. En attendant, il réfléchit que Margaret Parsons avait été une femme étrange et secrète qui menait une double vie. Aux yeux de son mari et d'une société peu perspicace, elle avait été une petite femme d'intérieur raisonnable et avisée, portant sandales et robe de coton, une maîtresse d'école qui astiquait son escalier en cuivre et participait aux réunions de l'église. Pourtant, quelqu'un de généreux, romantique et passionné avait été fasciné par elle, et avait souffert à cause d'elle pendant douze longues années.

9

Quelquefois un groupe de damoiselles heureuses...
Tennyson,
The Lady of Shalott.

L'appartement dépourvu de livres de miss Fowler n'était pas celui d'une enseignante. Burden, parfaitement conscient de sa tendance à cataloguer les gens, avait essayé de ne pas s'attendre à trouver une vieille fille. Ce fut pourtant une vieille fille qui vint lui ouvrir. La pièce dans laquelle elle l'introduisit était remplie d'objets faits main. Les housses des coussins avaient été soigneusement brodées, les aquarelles d'amateur peintes avec une patience évidente, les céramiques exécutées avec une pointe d'audace. Miss Fowler semblait incapable de se séparer des cadeaux de ses anciennes élèves. Malheureusement, la collection de ces chefs-d'œuvre n'offrait aucun plaisir esthétique ni même une sensation reposante pour le regard.

— Pauvre, pauvre Margaret, soupira-t-elle.

Burden s'assit et miss Fowler s'installa en face de lui dans un rocking-chair, ses pieds reposant sur un tabouret bas.

— Quelle histoire épouvantable ! Et ce pauvre Mr Parsons... Voici la liste que vous m'avez demandée, inspecteur.

Burden regarda les rangées de noms proprement tapées à la machine.

— Parlez-moi d'elle, demanda Burden.

Miss Fowler laissa échapper un rire étudié, puis réalisant qu'il n'était guère de circonstance, se mordit la lèvre et répondit :

— Franchement, inspecteur, je ne me souviens pas d'elle. Vous savez, je vois défiler tellement de jeunes filles... Bien sûr, on ne les oublie pas toutes. Mais naturellement, on se souvient surtout de celles qui parviennent à quelque chose, qui réussissent à faire carrière. La promotion de Margaret n'était pas extraordinaire. Certaines promettaient beaucoup, mais elles ne firent rien de vraiment intéressant. Je l'ai revue, vous savez, depuis qu'elle est revenue.

— Ici ? À Kingsmarkham ?

— Oui, il y a environ un mois.

Elle prit un paquet de cigarettes sur la tablette de la cheminée, en offrit une à Burden et tira bravement sur la sienne quand il lui offrit du feu. « Elles ne grandissent jamais vraiment », songea Burden.

— C'était dans High Street, poursuivit-elle, juste après la classe. Elle sortait d'un magasin et me dit : « Bonjour, miss Fowler. » Franchement, je ne voyais absolument pas qui cela pouvait être jusqu'à ce qu'elle m'ait dit être Margaret Godfrey. Vous savez, inspecteur, elles s'attendent toutes à ce que je les reconnaisse.

— Alors comment avez-vous... ?

— Comment ai-je fait le rapprochement avec Mrs Parsons ? Quand j'ai vu la photo dans le journal. Vous savez, j'ai regretté de ne pas avoir bavardé avec elle, mais je rencontre souvent d'anciennes élèves et, franchement, je serais bien incapable de leur donner un nom et un âge. Elles pourraient avoir tout aussi bien dix-huit ans que trente... Vous savez ce que c'est, inspecteur, on ne peut pas donner d'âge aux gens plus jeunes que soi. (Elle leva les yeux vers Burden et dit en souriant :) Mais vous aussi, inspecteur, vous avez l'air si jeune.

Il se pencha à nouveau sur la liste des noms classés par ordre alphabétique et les lut lentement à voix haute, guettant les réactions de miss Fowler.

« Lyn Annesley, Joan Bertram, Clare Clarke, Wendy Ditcham, Margaret Dolan, Margaret Godfrey, Mary Henshaw, Jillian Ingram, Anne Kelly, Helen Laird, Marjorie Miller, Hilda Pensteman, Janet Probyn, Fabia Rogers, Deirdre Sachs, Diana Stevens, Winifred Thomas, Gwen Williams, Yvonne Young. »

En bas de la liste, Mrs Mortlock avait écrit d'un geste triomphant : « Miss Clare Clarke fait partie de l'équipe de professeurs du lycée !!! »

— J'aimerais parler à miss Clarke, dit Burden.

— Elle habite Villa Nectarine, premier chemin à gauche de Stowerton Road, l'informa miss Fowler.

Burden ajouta lentement :

— Fabia n'est pas un prénom très ordinaire.

Miss Fowler haussa les épaules et tapota ses cheveux gris plaqués en de rigides ondulations.

— Cette jeune personne n'avait rien de particulièrement remarquable, fit-elle d'un ton un peu pincé. Elle faisait partie de ces jeunes filles pleines de promesses dont je vous parlais et qui n'ont pas fait grand-chose. Elle vit par ici. Elle et son mari sont très connus dans ce qu'on appelle, il me semble, la haute société. Helen Laird était aussi une de celles-là ; très jolie, très sûre d'elle. Toujours empêtrée dans d'incroyables situations. À cause des garçons évidemment. Franchement, cela est si ridicule ! Je croyais qu'elle deviendrait actrice, mais elle a laissé tomber et s'est mariée, tout bêtement. Et bien sûr, miss Clarke...

Burden crut un instant que miss Fowler allait ajouter miss Clarke aux échecs qu'elle venait d'énumérer, mais sa loyauté envers son équipe de professeurs l'en empêcha. Il n'insista pas. Elle venait de le mettre sur une piste bien plus troublante.

— Vous parliez d'Helen Laird, savez-vous ce qu'elle est devenue ?

— Je n'en sais vraiment rien, inspecteur. Mrs Mortlock m'a vaguement parlé de son mariage avec un vendeur de voitures. Quel gâchis !

Elle écrasa sa cigarette dans un cendrier en terre

cuite enduit de gouache, visiblement un cadeau d'élève. Lorsqu'elle reprit, sa voix semblait légèrement empreinte de tristesse.

— Elles partent, voyez-vous, et nous les oublions. Puis un jour, quinze ans plus tard, une petite gamine entre en classe préparatoire et vous avez l'impression d'avoir déjà vu cette frimousse quelque part ! Mais bien sûr... c'était sa mère !

« Dymphna et Priscilla, à coup sûr », pensa Burden. Dans peu de temps, le visage de Dymphna, et peut-être la même chevelure rousse, ranimeraient quelques lointains souvenirs enfouis dans la mémoire de miss Fowler.

— Mais les meilleures choses ont une fin, soupira-t-elle, comme si elle avait lu dans ses pensées. Et je prends ma retraite dans deux ans.

Il la remercia pour la liste et la quitta. Dès son retour au poste, Wexford lui montra la lettre de Mrs Katz.

— Tout indique que c'est Doon le meurtrier, assura Burden. Il s'agit de savoir qui c'est. Qu'est-ce qu'on fait maintenant, on attend des nouvelles du Colorado ?

— Non, Mike, il faut qu'on avance. Il est clair que Mrs Katz ignore qui est Doon, et la seule chose qu'on puisse espérer, c'est obtenir des renseignements sur le passé de Margaret Parsons ainsi que la dernière lettre qu'elle lui a envoyée avant de mourir. Il y a de grandes chances pour que Doon s'avère être un ancien petit ami de Mrs Parsons, lorsqu'elle était à l'école ici. Espérons qu'ils n'ont pas été trop nombreux !

— Je me suis posé la question, et franchement — comme dirait miss Fowler — les dédicaces des livres de Minna ne ressemblent pas à une plume de jeune homme, ou alors, il était très mûr pour son âge. Ces vers sont trop raffinés, trop harmonieux. Doon était peut-être un homme plus âgé qui s'est amouraché d'elle.

— J'y ai pensé, répliqua Wexford, et j'ai même

vérifié le passé de Prewett et de ses employés. Prewett a acheté sa ferme en 1949 alors qu'il avait vingt-huit ans. C'est un homme cultivé tout à fait capable d'écrire ce genre de choses... mais il était à Londres mardi dernier. Cela ne fait aucun doute, à moins qu'il n'ait monté une conspiration impliquant deux médecins, un éminent spécialiste du cœur, une bonne sœur, et Dieu sait combien d'infirmières, sans compter sa propre femme !

» Draycott n'est dans le secteur que depuis deux ans et il a vécu en Australie de 1947 à 1953. Bysouth est tout juste capable d'écrire son nom, quant à construire des morceaux de poésie qui tiennent debout pour les envoyer à sa bien-aimée, n'en parlons pas. Et c'est à peu près le même cas de figure en ce qui concerne Traynor. Edwards était dans l'armée de 1950 à 1951, et Dorothy Sweeting ne peut raisonnablement savoir ce qui se passait dans la vie sentimentale de Minna il y a douze ans ; elle n'en avait que sept à l'époque.

— Bon, apparemment, il ne nous reste plus que la liste de miss Fowler pour débusquer le lièvre, remarqua Burden. Je crois que certains noms vont vous intéresser, chef.

Wexford saisit la liste et lorsqu'il lut les noms d'Helen Laird et Fabia Rogers, il jura férocement. Burden avait ajouté au crayon de papier sous chaque nom ceux de « Missal » et « Quadrant », suivis de points d'interrogation.

— Quelqu'un essaie de jouer au plus fin avec moi, se fâcha Wexford, on se moque de moi ! Rogers. Ses parents sont les Rogers de Pomfret Hall. Ils passent pour être pleins aux as. Elle n'avait aucune raison de nous dire qu'elle connaissait Mrs Parsons, d'ailleurs on ne le lui a pas demandé ; et quand nous avons parlé avec ce cher Dougie, le fameux Doon ne semblait pas avoir autant d'importance. Mais que Mrs Missal affirme ne pas connaître Mrs Parsons, vraiment ! Alors qu'elles étaient dans la même classe !

Il était devenu violet de rage. Burden savait à quel point Wexford détestait qu'on le mène en bateau.

— J'ai failli laisser tomber cette histoire de ticket de cinéma, Mike, mais je n'en suis plus si sûr à présent. Je vais de ce pas retourner voir Mrs Missal et tout recommencer depuis le début, annonça-t-il en frappant sur la liste. Pendant mon absence, commencez à contacter ces dames.

— Il fallait que ce soit une école de filles, bougonna Burden. Les femmes changent de nom en se mariant, pas les hommes.

— On n'y peut rien, rétorqua Wexford sèchement. Mr Griswold est déjà venu me casser les pieds deux fois depuis l'enquête.

Griswold était le chef de la police du district. Burden comprit ce que Wexford voulait dire.

— Vous le connaissez, Mike. À la moindre difficulté, il appelle le Yard au secours, ironisa Wexford.

Il sortit et abandonna Burden avec la liste et la lettre.

Avant de se lancer à la poursuite des femmes, Burden relut la lettre. Son contenu l'étonnait parce qu'il révélait un nouvel aspect de la personnalité de Mrs Parsons, qu'il n'avait pas entrevu jusqu'alors. Elle s'avérait être beaucoup moins innocente qu'elle ne paraissait.

« ... *Si revoir Doon signifie des balades en voiture et quelques invitations au restaurant, tu aurais tort de t'en priver* », écrivait Mrs Katz. Mais d'un autre côté, elle ignorait qui était Doon. Mrs Parsons avait été étrangement secrète, énigmatique, cachant l'identité de son petit ami à une cousine qui avait aussi été une amie intime.

« Quelle femme étrange », pensa Burden, « et quel étrange soupirant. Elle avait eu une drôle de relation avec Doon. Mrs Katz disait *"Je ne vois vraiment pas pourquoi tu devrais avoir peur"*, et plus loin *"il n'y a jamais rien eu de sérieux"*. Qu'est-ce qu'elle voulait dire par là ? Mais Mrs Parsons avait peur. De quoi, d'avances sexuelles ? Mrs Katz lui reprochait d'être soupçonneuse. Mais cela se comprend. » Burden réfléchissait toujours. « N'importe quelle femme vertueuse aurait peur et se méfierait d'un homme qui lui témoignerait un peu trop d'intérêt. En revanche, il n'y avait jamais rien eu de sérieux... et Mrs Parsons aurait tort de s'en priver... »

Burden se triturait l'esprit en vain. La lettre demeurait aussi énigmatique que le personnage dont il était question. Il la reposa et se tourna vers le téléphone. Il n'avait que deux certitudes : Doon ne lui avait pas fait d'avances ; il voulait autre chose, quelque chose qui effrayait Mrs Parsons mais qui semblait tellement inoffensif aux yeux de sa cousine que c'était montrer une méfiance excessive que de s'en priver. Burden restait perplexe devant la complexité de cette énigme. Il secoua la tête comme pour chasser ces questions obsessionnelles et décrocha le téléphone.

Le nom d'Annesley, et incidemment ceux de Pensteman et Sachs, ne figuraient pas dans l'annuaire. Il commença par appeler le numéro de Bertram mais il apprit que Mr Bertram avait plus de quatre-vingts ans et était célibataire. Il composa ensuite celui des seuls Ditcham qu'il trouva mais il eut beau écouter la sonnerie obsédante résonner à l'autre bout du fil au-delà du temps raisonnable, personne ne décrocha.

Le numéro de Mrs Dolan était occupé. Il attendit cinq minutes avant d'essayer à nouveau. Cette fois elle répondit et déclara être effectivement la mère de Margaret Dolan, qui était maintenant Mrs Heath et vivait à Édimbourg. En tout cas, sa fille ne lui avait jamais présenté quelqu'un qui répondait au nom de Godfrey. Ses amies intimes étaient Janet Probyn et Deirdre Sachs, et Mrs Dolan se souvenait qu'elles formaient un petit groupe très fermé. La mère de Mary Henshaw était morte. Burden parla à son père, qui déclara que sa fille vivait toujours à Kingsmarkham. Lorsque Burden lui demanda si elle était mariée, Mr Henshaw rugit d'un rire gras qui laissa Burden un peu interloqué. Il attendit aussi patiemment qu'il put. Mr Henshaw reprit son sérieux et lui annonça que sa fille était mariée à Mr Hedley et qu'elle se trouvait à l'hôpital.

— J'aimerais lui parler, insista Burden.

— Impossible, répliqua Henshaw, visiblement fort amusé. Sauf si vous passez une blouse blanche. Elle est en train d'accoucher d'un quatrième bébé. Je croyais que c'était l'hôpital qui m'appelait pour m'annoncer l'heureuse nouvelle.

Mrs Ingram lui donna le numéro de sa fille Jillian, devenue Mrs Bloomfield. Mais elle ne savait rien de Margaret Parsons, elle se souvenait seulement d'une jeune fille jolie et convenable, plutôt timide, qui adorait lire.

— Jolie, avez-vous dit ?

— Oui, elle était jolie, elle avait un certain charme. Oh, je sais, j'ai vu les journaux. Vous savez, les gens changent.

Burden savait, mais il fut tout de même surpris.

Anne Kelly avait émigré en Australie, quant à Marjorie Miller...

— Ma fille s'est tuée dans un accident de voiture, répondit une voix âpre, que le souvenir du drame rendait douloureuse. J'aurais cru que la police serait la mieux placée pour le savoir.

Burden soupira. Pensteman, Probyn, Rogers, Sachs... il n'avait oublié personne. Mais l'annuaire de la région ne contenait pas moins de vingt-six Stevens, quarante Thomas, cinquante-deux Williams et douze Young.

Les rechercher tous prendrait tout l'après-midi et une bonne partie de la soirée. Clare Clarke pourrait peut-être l'aider. Il ferma l'annuaire et se rendit à la Villa Nectarine.

Les portes-fenêtres étaient ouvertes lorsque Inge Wolff fit entrer Wexford, et il entendit les cris des enfants qui se chamaillaient. Il traversa la pelouse à sa suite et ne vit d'abord personne d'autre que les deux petites filles : la première, avec ses yeux verts et ses cheveux roux, était l'exact portrait de sa mère en miniature ; la plus jeune était blonde, plus grassouillette et avait le visage parsemé de taches de rousseur. Elles se battaient pour la possession d'un bateau à bascule rouge et jaune dont la figure de proue était un lapin.

Inge se précipita vers elles en criant.

— Est-ce que les vraies petites filles jouent ainsi ou les garçons manqués ? Voilà un policier qui va vous mettre en prison si vous continuez.

Mais les fillettes redoublèrent de vigueur et Dymphna commença à donner des coups de pied à sa petite sœur en s'écriant :

— Si c'est un vrai policier, pourquoi il a pas d'uniforme ?

Quelqu'un éclata de rire et Wexford se retourna brusquement. Helen Missal était langoureusement allongée dans un hamac accroché entre un cerisier et le mur d'un pavilllon de jardin, et sirotait du thé glacé dans un grand verre.

Il n'aperçut tout d'abord que son visage et un bras doré comme le miel qui pendait nonchalamment. En s'approchant, il constata qu'elle ne portait qu'un maillot de bain. Un simple bikini triangulaire et un huit d'un blanc neigeux cachant sa poitrine dévoilaient son joli corps bronzé. Wexford se sentit terriblement embarrassé, et sa gêne ne fit qu'accroître une colère qui se transforma rapidement en fureur.

— Encore vous ! soupira-t-elle. Je comprends maintenant ce que doit ressentir un renard à la vue du chasseur. Il ne doit pas trouver cela drôle.

Missal n'était pas en vue, mais Wexford entendait le ronronnement assourdi d'une tondeuse à gazon derrière une haie sombre.

— Pouvons-nous rentrer à l'intérieur, Mrs Missal ?

Elle hésita un instant. Wexford crut qu'elle était aux aguets, écoutant peut-être le bruit continu de l'autre côté de la haie. Elle sembla retenir son souffle lorsque le moteur se tut, puis se détendre quand il redémarra. Elle sauta lestement du hamac et Wexford remarqua qu'elle portait une fine chaîne en or autour de la cheville gauche.

— Ai-je vraiment le choix, inspecteur ?

Sans attendre la réponse, elle le précéda dans la maison, traversa la salle à manger où Quadrant avait eu l'air si absorbé dans la contemplation des bouteilles de vin, et entra dans le salon aux rhododendrons. Elle s'assit et dit :

— Bien, de quoi s'agit-il ?

Il y avait quelque chose d'à la fois provocant et hostile dans sa façon s'exhiber sa nudité sur le chintz rose et vert. Wexford détourna les yeux. Elle était chez elle et il pouvait difficilement lui dire d'aller s'habiller. Il se contenta de sortir la photo de sa poche et lui tendit.

— Pourquoi avez-vous nié connaître cette femme ?

Une immense surprise chassa la peur de son regard.

— Mais je ne la connais pas, affirma-t-elle.

— Vous étiez à l'école avec elle, Mrs Missal, répliqua Wexford en essayant de se contenir.

Elle saisit vivement la photo et la regarda attentivement.

— Je vous assure que non. (Sa belle chevelure cuivrée tomba sur ses épaules.) Du moins, je ne crois pas. En tout cas, elle avait l'air bien plus âgée que moi. Elle devait être déjà au lycée quand j'étais encore à l'école primaire. Comment voulez-vous que je me souvienne ?

Wexford répondit durement :

— Mrs Parsons avait trente ans. Comme vous. Son nom de jeune fille était Godfrey.

— « Nom de jeune fille », j'adore cette expression, ironisa-t-elle. C'est une façon si délicate d'exprimer les choses n'est-ce pas ? En effet, inspecteur, je me souviens maintenant. Mais elle fait vieille, elle a l'air si différente...

Un sourire lumineux éclaira soudain son visage,

un admirable sourire de triomphe, et Wexford s'étonna qu'elle eût en effet le même âge que cette pathétique femme retrouvée morte dans le bois.

— Il est très fâcheux que vous n'ayez pas pu vous en souvenir jeudi soir, Mrs Missal. Cela vous fait paraître sous un jour fort déplaisant : d'abord en mentant délibérément à l'inspecteur Burden et à moi-même, puis en cachant des faits d'une grande importance. Mr Quadrant pourra vous confirmer que je suis tout à fait en droit de vous faire inculper de complicité...

Helen Missal l'interrompit d'un ton boudeur :

— Pourquoi vous en prendre à moi ? Fabia aussi la connaissait... et puis sûrement des tas d'autres gens.

— C'est à vous que je pose la question, insista Wexford. Parlez-moi d'elle.

— Si je réponds, minauda-t-elle, vous me promettez de partir et de ne plus revenir ?

— Dites-moi seulement la vérité, madame, et je serai très heureux de partir. Je suis un homme très occupé.

Elle croisa les jambes et caressa ses genoux. Les genoux d'Helen Missal étaient ceux d'une petite fille, une petite fille qui n'avait jamais grimpé à un arbre ni jamais manqué l'heure du bain.

— Je n'aimais pas l'école, confia-t-elle. C'était tellement contraignant, si vous voyez ce que je veux dire. J'ai supplié papa sans relâche pour qu'il me retire du lycée à la fin du premier trimestre quand j'étais en seconde...

— Margaret Godfrey, Mrs Missal, rappela Wexford.

— Ah oui, Margaret Godfrey. C'était une espèce de nullité — n'est-ce pas un joli mot ? J'ai trouvé l'expression dans un livre. Elle n'avait vraiment rien pour elle, la pauvre : pas très intelligente, ni très jolie... une nullité, quoi. (Elle regarda à nouveau la photographie.) Margaret Godfrey. Vous savez, j'ai du mal à y croire. J'aurais juré que c'était la dernière personne à se faire assassiner.

— Et qui aurait pu être la première, Mrs Missal ? lança Wexford.

— Quelqu'un comme moi, repartit-elle en gloussant.

— Qui étaient ses amis, les gens qu'elle fréquentait ?

— Laissez-moi réfléchir. Il y avait Anne Kelly, une petite idiote pleine de boutons, Bertram je crois, et une Diana quelque chose...

— Sans doute Diana Stevens.

— Seigneur ! Vous connaissez leurs noms par cœur ?

— Je voulais parler d'amis masculins.

— Je ne saurais vous dire. J'étais moi-même plutôt occupée de ce côté-là.

Elle le regarda en faisant une moue provocante et Wexford se demanda, animé soudain d'un léger sentiment de pitié à son égard, si sa coquetterie augmenterait à mesure que sa beauté déclinerait, jusqu'à ce que la vieillesse la rende grotesque.

— Anne Kelly, reprit Wexford, Diana Stevens, une fille nommée Bertram. Et Clare Clarke, et Mrs Quadrant ? Croyez-vous qu'elles se souviendraient ?

Elle avait dit détester l'école, mais quand elle commença à parler, Wexford remarqua que le son de sa voix se faisait soudain plus doux et son expression presque tendre. Pendant un instant sa colère s'évanouit, il oublia les mensonges et la tenue provocante de la jeune femme, et l'écouta parler.

— C'est drôle, mais le fait d'évoquer tous ces noms semble faire revivre le passé. Nous avions l'habitude d'aller nous asseoir dans une espèce de jardin ; un vieil endroit mal entretenu. Il y avait Fabia, une fille qui s'appelait Clarke — je la croise de temps en temps — Jill Ingram, cette Kelly dont j'oublie le prénom et moi-même... et — et Margaret Godfrey. Nous étions censées travailler mais on ne faisait pas grand-chose. Nous parlions surtout, de... Oh, je ne sais plus...

— De vos petits amis, Mrs Missal ?

Mais Wexford se rendit compte qu'il se montrait obtus et regretta aussitôt ses paroles.

— Oh non, répondit-elle sèchement. Vous vous trompez. Le jardin n'était pas le lieu pour cela. C'était un endroit sauvage, envahi de buissons, avec un banc au bord d'un vieil étang marécageux.

Elle se tut et Wexford eut soudain la vision d'un endroit de verdure à l'abandon où des jeunes filles chargées de livres laissaient éclater leurs rires juvéniles et s'étourdissaient en parlant de leurs espoirs secrets. Puis il faillit sursauter en entendant le brusque changement de ton de sa voix. Elle murmura farouchement, comme si elle avait oublié sa présence :

— Je voulais faire du théâtre ! Mais mon père et ma mère s'y sont opposés. Ils m'ont empêchée de partir. Et tous mes désirs ont été réduits à néant.

Elle rejeta sa chevelure en arrière d'un mouvement de la tête et lissa du bout des doigts les rides qui étaient apparues entre ses sourcils.

— J'ai rencontré Pete, soupira-t-elle, et je me suis mariée. (Elle fronça le nez et conclut :) Voilà l'histoire de ma vie.

— On ne peut pas tout avoir, fit Wexford.

— En effet, admit-elle, et je n'étais pas la seule...

Elle hésita et Wexford retint son souffle. Il eut l'intime conviction qu'il allait entendre quelque chose d'une extrême importance, quelque chose de décisif qui allait éclaircir cette affaire et lui permettre d'en offrir la conclusion à Griswold sur un plateau d'argent. Les yeux verts s'agrandirent et brillèrent un instant ; puis soudain la flamme mourut et ils devinrent presque opaques. Le parquet de l'entrée laissa échapper un craquement et Wexford reconnut le bruit mou des chaussures à semelles de crêpe étouffé par l'épaisse moquette. Le visage d'Helen Missal devint livide.

— Oh, mon Dieu ! Je vous en prie, chuchota-t-elle, je vous en supplie, ne me posez pas de question sur le ticket de cinéma. Je vous en prie.

Wexford jura intérieurement lorsque la porte s'ouvrit et que Missal entra. Il transpirait abondamment et des marques de sueur tachaient les aisselles de son maillot de corps. Il regarda sa femme et dans ses yeux brilla un curieux mélange de dégoût et de concupiscence.

— Habille-toi, hurla-t-il, va mettre quelque chose.

Elle se leva maladroitement et Wexford eut la désagréable illusion que les mots de son mari s'inscrivaient sur son corps comme des graffiti obscènes griffonnés à la hâte sur une photo de pin-up.

— Je me faisais bronzer, murmura-t-elle.

Missal se retourna tout d'une pièce vers Wexford et l'apostropha, le visage cramoisi par l'effort et la jalousie :

— Alors, on est venu se rincer l'œil, hein ? Ça vous plaît au moins, poulet ?

Wexford aurait voulu être en colère, de façon à réagir à la fureur de l'autre par la colère froide qui le caractérisait habituellement, mais il ne ressentait que de la pitié, et il se contenta de dire :

— Mrs Missal m'a été d'une aide précieuse.

— Ça, j'en doute pas ! éructa Missal en tenant la porte ouverte et en poussant presque sa femme dehors. Bien gentille, non ? Pour ça, elle s'y connaît, être gentille avec Pierre, Paul, Jacques et les autres. (Ses doigts parcouraient son maillot trempé comme si son propre corps le dégoûtait.) Allez-y, continua-t-il, vous gênez pas, c'est mon tour maintenant. Que faisiez-vous à Kingsmarkham mardi après-midi, Mr Missal ? Le nom de votre client, Mr Missal ? Votre voiture a été vue dans Kingsbrook Road, Mr Missal. Eh bien, allez-y, qu'est-ce que vous attendez ? Vous n'avez donc pas envie de savoir ?

Wexford se leva et fit quelques pas en direction de la porte. Les lourdes fleurs de rhododendrons roses et blanches effleurèrent ses jambes. Missal le regardait, fasciné, comme un chien suralimenté et oisif, qui n'attend depuis longtemps que le moment de pousser un hurlement libérateur.

— Vous ne voulez pas savoir ! Personne ne m'a vu. J'aurais très bien pu étrangler cette femme. Ça ne vous intéresse pas de savoir où j'étais, hein ?

Wexford ne le regarda pas. Il avait déjà vu trop d'hommes profondément malheureux pour se complaire devant le spectacle d'une âme écorchée vive.

— Je sais ce que vous faisiez, dit-il calmement en prenant soin d'éviter de prononcer le « Mr Missal ». Vous venez de me le dire juste à l'instant.

Il ouvrit la porte et sortit.

La maison de Douglas Quadrant était beaucoup plus grande et beaucoup moins agréable à l'œil que celle des Missal. Elle s'élevait sur une hauteur, au milieu d'arbustes, à une cinquantaine de mètres en retrait de la rue. Un immense cèdre atténuait quelque peu son aspect austère, mais à mi-chemin de l'allée, Wexford se souvint avoir vu des maisons semblables dans le nord de l'Écosse, construites en granit dans un style vaguement gothique et flanquées de chaque côté de tourelles aux toits extrêmement pointus.

Le jardin avait quelque chose de curieux, mais il lui fallut quelques minutes avant de réaliser en quoi consistait son étrangeté. Les pelouses étaient bien tondues, les arbustes savamment choisis, mais l'ensemble dégageait une impression lugubre. Il n'y avait aucune fleur. Le jardin de Douglas Quadrant figurait un paysage à la Monet, peint en gris, brun et nombreux dégradés de verts.

Après les lis bleus de Mrs Missal, les vrais et les faux rhododendrons de son salon, cette simplicité imposante aurait dû être apaisante. Elle était au contraire horriblement déprimante. Aucune fleur ne risquait de pousser pour la bonne raison qu'aucune n'avait été plantée, mais cela donnait plutôt l'impression que le sol était infertile ou l'air inclément.

Wexford gravit les marches larges et étroites qui se déployaient sous les yeux aveugles des fenêtres aux rideaux vert olive, bordeaux et gris pigeon. Il sonna à la porte qui fut ouverte presque instantanément par une femme d'environ soixante-dix ans vêtue de façon ahurissante d'une robe marron et d'un bonnet et tablier beiges. Elle était ce qu'on aurait appelé autrefois une « honorable vieille dame ». Il était certain de ne trouver ici aucune blonde et frivole Teutonne.

Elle le regarda à son tour comme s'il n'était qu'un vulgaire intrus, une créature peu éloignée de ces représentants de commerce qui avaient l'audace de se présenter à l'entrée principale au lieu de sonner à l'office. Wexford demanda à parler à Mrs Quadrant et lui tendit sa carte.

— Madame est en train de prendre le thé, déclara-t-elle, pas le moins du monde impressionnée par la stature de Wexford ni par son air d'être la Justice en personne. Je vais voir si elle peut vous recevoir.

— Dites-lui seulement que l'inspecteur-chef Wexford aimerait lui parler. (L'atmosphère du lieu déteignant sur lui, il ajouta :) Je vous prie.

Il entra. Le hall était une véritable pièce dont les tapisseries, représentant des scènes de chasse, couvraient les murs sans pourtant donner l'impression de la rétrécir. Il retrouva cette même absence de couleur qui caractérisait le jardin. Seules les tapisseries offraient quelques touches vives. Dans les tenues des chasseurs et les palefrois de leurs montures, Wexford aperçut l'éclat terne d'un fil d'or usé, la tache rouge sang-de-bœuf d'une veste et une pointe de bleu héraldique.

La vieille dame le défia du regard comme si elle s'apprêtait à le dissuader d'entrer mais il refermait la porte derrière lui d'un geste autoritaire lorsqu'une voix s'exclama :

— Qui est-ce, Nanny ?

Il reconnut celle de Mrs Quadrant et se souvint

comme la veille au soir elle avait souri de la plaisanterie oiseuse de Missal.

Nanny atteignit les doubles portes du salon avant lui. Elle les ouvrit cérémonieusement, comme Wexford ne l'avait encore jamais vu faire qu'au cinéma. Apparut alors sous ses yeux le tableau incongru, grotesque et tout à fait risible d'une scène digne des Marx Brothers. La vision s'évanouit et il pénétra dans la pièce.

Douglas et Fabia Quadrant étaient assis chacun à un bout d'une longue table basse recouverte d'une nappe en dentelle. Le thé venait apparemment à peine d'être servi car le livre que lisait Mrs Quadrant reposait ouvert, la couverture vers le haut, sur le bras de son fauteuil. La théière, le pot à lait et le sucrier en argent étaient si bien astiqués que ses longues mains s'y reflétaient nettement sur le fond sombre de la pièce. Cela faisait quarante ans que Wexford n'avait pas vu une bouilloire en cuivre comme celle qui chauffait doucement sur le réchaud à alcool.

Quadrant était en train de beurrer une simple petite tranche de pain — mais sans croûte et aussi mince qu'une ostie. Il fit signe à Wexford de s'asseoir.

— Vous connaissez ma femme, bien sûr ?

Il avait l'air d'un chat, un chat agile et indifférent qui ronronnait le jour et se promenait la nuit sur les toits. Et au milieu de cette pièce, de l'argenterie, la porcelaine, les lourds rideaux lie-de-vin semblables à du sang transmué en tissu de velours, trônait dans son élégante robe noire la brune Mrs Quadrant qui donnait du lait à son chat de mari. Mais lorsque les lampes s'allumeraient, il se retirerait dans l'obscurité rampant à la recherche de plaisirs félins.

— Du thé, inspecteur ? demanda-t-elle en versant un filet d'eau bouillante dans la théière.

— Non, je vous remercie.

Wexford songea qu'elle avait fait du chemin depuis l'époque du jardin abandonné, à moins que même alors ses vêtements n'aient été d'une marque chère et ses cheveux mieux coupés que ceux de la plupart des autres jeunes filles. Il la trouva belle, mais l'air beaucoup plus âgée qu'Helen Missal. Pas d'enfant, beaucoup d'argent, rien à faire de toute la journée à part nourrir un chat errant. Souffrait-elle de son infidélité, le savait-elle seulement ? Wexford se demanda curieusement si la jalousie qui faisait rougir Missal avait inversement fait pâlir et vieillir Fabia Quadrant.

— Et que puis-je faire pour vous ? demanda Quadrant. Je m'attendais un peu à votre visite. D'après ce que disent les journaux, vous ne semblez guère avancer. (Puis se rangeant du côté de la loi, il ajouta :) L'assassin est insaisissable, cette fois, n'est-ce pas ?

— Les choses commencent à s'éclaircir, articula pesamment Wexford. En fait, c'est à votre femme que j'aimerais parler.

— À moi ? s'étonna Fabia Quadrant, qui se mit à jouer avec ses boucles d'oreilles en platine, et Wexford remarqua que ses poignets étaient très minces et ses bras déjà plissés de rides comme ceux d'une femme beaucoup plus mûre. Oh, je vois. Je suppose que c'est parce que je connaissais Margaret. Mais nous n'avons jamais été très proches, inspecteur. Il y a des dizaines de gens qui pourraient sans doute vous parler beaucoup mieux d'elle que je ne saurais le faire.

« C'est bien possible », pensa Wexford, « si seulement je savais où les trouver ».

— Je ne l'avais pas revue du tout depuis que sa famille avait quitté Flagford, jusqu'à il y a quelques semaines. Nous nous sommes rencontrées dans la rue et sommes allées prendre un café ensemble. Nous nous sommes rendu compte que nous avions évolué chacune à notre façon et... voilà !

« Ça, c'est le moins qu'on puisse dire », se dit Wexford en pensant au contraste entre cette maison et celle de Tabard Road. Pendant une seconde, son imagination lui fit apparaître un film intérieur lui projetant l'image de Mrs Quadrant, avec ses bagues, son élégante coupe de cheveux, et Margaret Parsons si gauche dans son gilet et ses sandales, qui avaient dû être si confortables jusqu'à sa rencontre avec son ancienne amie. Qu'avaient-elles en commun et de quoi avaient-elles parlé ?

— De quoi avez-vous parlé, Mrs Quadrant ?

— Eh bien, des changements dans la ville, de gens que nous avions connus à l'école, ce genre de choses.

La gouvernante et la Dame du manoir. Wexford soupira intérieurement.

— Avez-vous connu une certaine Anne Ives ?

— Vous voulez parler de la cousine de Margaret ? Non, je ne l'ai jamais rencontrée. Elle n'était pas à l'école avec nous. Elle était dactylo ou employée de bureau, quelque chose comme ça.

« Elle faisait partie du commun des mortels », songea Wexford, « des soixante-quinze pour cent de plébéiens seulement dignes de mépris ».

Confortablement assis dans son fauteuil, Quadrant écoutait en balançant élégamment la jambe. La condescendance de sa femme semblait l'amuser. Il termina sa tasse de thé, froissa sa serviette et prit une cigarette. Wexford le regarda prendre une boîte d'allumettes dans sa poche et en gratter une. Des allumettes ! Voilà qui était curieux. Si Quadrant avait été logique avec lui-même, il aurait certainement utilisé un briquet, un de ces énormes briquets de table qui ressemblaient à des samovars. L'imagination de Wexford était en éveil. On avait trouvé une seule allumette à moitié consumée près du cadavre de Mrs Parsons...

— Vous souvenez-vous des amis masculins de Margaret Parsons, Mrs Quadrant ? Y en avait-il un en particulier ?

Il se pencha en avant comme pour signifier l'importance de sa question. Une brève lueur de malice, ou peut-être simplement le souvenir de quelque chose, étincela dans ses yeux un court instant. Quadrant expira profondément.

— Je me souviens d'un jeune homme, dit-elle.
— Essayez encore, Mrs Quadrant.
— Je vais y arriver, assura-t-elle, et Wexford fut certain qu'elle le faisait languir exprès pour mieux savourer son effet. C'était un nom de théâtre londonien.
— Palladium, Globe, Haymarket, Prince of Wales ? énuméra Quadrant qui trouvait cela fort divertissant.
Fabia Quadrant eut un petit gloussement complice envers son mari et légèrement hostile à l'égard de l'inspecteur. Wexford devina que, malgré son infidélité chronique, Quadrant partageait avec sa femme quelque chose de plus fort que la confiance conjugale ordinaire :
— Je sais, c'était Drury. Dudley Drury. Il habitait Flagford à l'époque.
— Merci, Mrs Quadrant. Mais je viens de penser que votre mari l'avait peut-être connue.
— Moi ?
Quadrant prononça ce mot avec une telle incrédulité que sa voix en fut presque hystérique. Puis il éclata de rire en se rejetant en arrière. C'était une hilarité féroce et silencieuse qui sembla souffler un vent malsain dans toute la pièce. Wexford sentit le mépris surgir de ce rire comme un animal sauvage de son repaire, le mépris et la colère aussi, cet ultime péché.
— Si moi, je l'ai connue ! Dans le sens où vous l'entendez ? Je suis absolument catégorique, cher inspecteur, je vous assure que je ne l'ai jamais connue !
Écœuré, Wexford se détourna. Mrs Quadrant fixait ses genoux. Elle semblait plus effacée, presque honteuse.
— Ce Drury, savez-vous si elle l'appelait Doon ?
Était-ce son imagination ou une simple coïncidence ? Toujours est-il que le rire de Quadrant cessa brutalement comme un robinet que l'on coupe.

— Doon ? dit Fabia Quadrant. Non, je ne l'ai jamais entendue prononcer ce nom.

Elle ne se leva pas lorsque Wexford quitta la pièce, mais lui fit un signe de tête et reprit le livre qu'elle était en train de lire. Quadrant se hâta de le raccompagner et ferma la porte brusquement derrière lui avant qu'il n'ait atteint le bas des escaliers, comme s'il était venu vendre des aspirateurs ou relever les compteurs. Dougie Quadrant ! Si quelqu'un était bien capable d'étrangler une femme à un endroit et faire l'amour à une autre dix mètres plus loin... Mais pourquoi ? Plongé dans ses pensées, il descendit Kingsbrook Road, traversa la rue et serait passé devant le garage d'Helen Missal sans la voir si elle ne l'avait interpellé.

— Vous avez vu Douglas ?

Sa voix était mélancolique mais elle s'était ressaisie depuis sa dernière visite. Elle avait troqué son bikini contre une robe en soie imprimée, des escarpins et un large chapeau.

La question n'était pas digne de Wexford ; il répondit seulement :

— Mrs Quadrant m'a aidé à combler certaines lacunes.

— Fabia ? Vous m'étonnez ! Elle est si discrète. Heureusement d'ailleurs, Douglas étant ce qu'il est. (Pendant un instant, son visage sembla regorger de sensualité.) Il est magnifique, n'est-ce pas ? Absolument superbe !

Elle en frissonna et se passa une main sur le visage ; lorsqu'elle la retira, Wexford constata que toute trace de désir avait été effacée.

— Mon Dieu, fit-elle, redevenue joyeuse et provocante, il y a des gens qui ne connaissent pas leur bonheur !

Elle ouvrit la porte du garage et sortit une paire de souliers plats du coffre de la Dauphine rouge.

— J'ai eu l'impression que vous vouliez me dire autre chose (Wexford se tut un instant puis ajouta :) lorsque votre mari nous a interrompus.

— Peut-être que oui, ou peut-être que non. En tout cas plus maintenant.

Elle changea de chaussures, tournoya légèrement autour de la voiture d'un pas dansant et ouvrit la portière en grand.

— Vous allez au cinéma ? ironisa Wexford.

Elle claqua la portière et mit le contact.

— Allez au diable ! lui cria-t-elle par-dessus le rugissement du moteur.

10

Nous étions jeunes et joyeux,
Nous étions très très sages
Et à notre banquet,
La porte était ouverte...
Mary Coleridge,
Unwelcome.

La villa Nectarine se dressait dans une cuvette humide envahie par les ronces en contrebas de Stowerton Road. La descente par un sentier sinueux était périlleuse et miss Clarke mettait en garde les visiteurs. Les petites notes écrites sur du papier brouillon qui jalonnaient le chemin à intervalles réguliers accueillirent Burden. La première était accrochée à la grille extérieure et recommandait : « Lever la barrière et pousser fort » ; la seconde, quelque dix mètres plus bas, avertissait : « Attention au fil barbelé ». À cet endroit, les ronces s'écartaient pour faire place à quelques parcelles de terre cultivées. C'était un petit jardin potager mal entretenu où poussaient vaille que vaille quelques tristes rangées de choux au milieu des mauvaises herbes ainsi qu'une superbe courge protégée des chardons grâce à une cloche de fabrication artisanale. Au-dessus, un troisième avertissement était épinglé et exhortait le visiteur à « Ne pas enlever le verre ». De toute évidence, miss Clarke avait des amis maladroits ou était victime d'intrus. Cela, Burden pouvait parfaitement le comprendre car rien n'indiquait que l'endroit était habité à part les légumes et les mots, et il ne vit la maison que lorsqu'il se trouva pratiquement devant, au bout du chemin. Des gloussements en cascade s'échappèrent de la porte laissée grande ouverte. L'espace d'une seconde, Burden crut qu'il s'était trompé de maison, bien qu'il n'y eût pas d'autre habitation dans le sentier. Lorsqu'il frappa à la porte, les rires redoublèrent et quelqu'un cria :

— C'est toi, Dodo ? On ne t'attendait plus.

« Dodo » pouvait être aussi bien un homme qu'une femme, mais plus probablement une femme. Burden s'appliqua à tousser de façon très masculine.

— Oh mince ! fit la voix plus bas. À mon avis, Di, c'est le flic de la vieille Fanny Fowler ; un flic qui tousse.

Burden se sentit particulièrement ridicule. La voix semblait provenir de derrière une porte fermée au bout du couloir. Il cria d'une voix forte :

— Inspecteur Burden, madame !

La porte s'ouvrit immédiatement et une femme vêtue comme une paysanne tyrolienne apparut. Ses cheveux blonds étaient tirés en arrière, avec deux longues nattes enroulées autour de sa tête.

— Oh mince ! répéta-t-elle. Je n'avais pas réalisé que la porte de devant était restée ouverte. Je plaisantais en parlant du flic de miss Fowler. Elle avait appelé pour m'avertir de votre éventuelle visite.

— Miss Clarke, je présume ?

— Qui d'autre voulez-vous que ce soit ? (Burden lui trouva une curieuse allure : celle d'une femme adulte habillée comme une écolière.) Venez donc vous goinfrer avec Di et moi dans ce cachot, dit-elle.

Burden la suivit dans la cuisine. « Attention aux marches » disait un autre avertissement punaisé sur la porte et que Burden vit juste à temps pour ne pas dévaler les trois hautes marches et s'étaler sur le carrelage. La cuisine était encore plus sinistre que celle de Mrs Parsons et beaucoup moins propre. Mais le soleil brillait par la fenêtre et une rose rouge était appuyée contre les carreaux.

La femme que miss Clarke avait appelée Di n'avait rien d'extraordinaire. Elle aurait même pu être le sosie de Mrs Parsons, assise là à manger des toasts, à part qu'elle était brune et portait des lunettes.

Clare Clarke fit les présentations :

— Di Plunkett ; inspecteur Burden. Asseyez-vous inspecteur — non, pas ce tabouret, il est plein de graisse —, voulez-vous une tasse de thé ?

Burden refusa le thé et s'assit sur une chaise en bois qui avait l'air à peu près propre.

— Cela ne me dérange pas que vous parliez pendant que je mange, fit miss Clarke en pouffant de rire une fois de plus. (Elle regarda attentivement un pot de confiture et déclara avec colère à son amie :) Quelle barbe ! Fabriquée en Afrique du Sud. Je ne l'aimerai plus autant maintenant, c'est sûr ! (Elle fit la moue et déclama :) Promis, juré !

Mais Burden constata qu'elle se servit généreusement et étala la confiture sur une épaisse tartine de pain. La bouche pleine, elle lui dit :

— Ouvrez le feu. Je suis tout ouïe !

— En fait, j'aimerais simplement savoir si vous vous souvenez des amis masculins de Mrs Parsons lorsqu'elle était Margaret Godfrey, à l'époque où vous la connaissiez.

Miss Clarke se lécha les lèvres avant de répondre :

— Vous avez frappé à la bonne porte. J'ai une mémoire d'éléphant.

— Ça, tu peux le dire, intervint Di Plunkett, et pas que la mémoire.

Elles éclatèrent de rire toutes les deux, miss Clarke prenant la plaisanterie avec beaucoup d'humour.

— Je me souviens parfaitement de Margaret Godfrey. Intelligence moyenne, physique anémique, personnalité à la fois guindée et effacée. Cela dit, paix à son âme. Bousille-moi cette mouche, Di. Il y a une bombe insecticide sur l'étagère derrière ton gros derrière. Pas très sociable, la petite Margaret, aucun esprit de groupe. Elle sortait avec une dénommée

Bertram, à présent disparue dans le brouillard de l'oubli. Tu l'as eue, Di ! Elle a aussi été copine avec une certaine Fabia Rogers pendant un moment.

— Fabia, vraiment !

— Sans parler de Diana Stevens de triste mémoire...

Miss ou Mrs Plunkett se mit à hurler de rire et, brandissant la bombe anti-mouches, fit mine de vouloir asperger son amie d'insecticide. Burden tira prudemment sa chaise hors de portée. Clare Clarke baissa la tête en riant sottement et poursuivit :

— ... connue aujourd'hui dans la commune de Stowerton sous le nom de Mrs William Plunkett, l'une des plus illustres figures de ce trou paumé !

— Tu es impayable, Clare ! suffoqua Mrs Plunkett. Franchement, j'envie les heureux membres de la haute. Quand je pense à ce que nous avons dû supporter...

— Et ses amis, miss Clarke ?

— Cherchez l'homme, hein ? Je vous l'ai dit, vous avez frappé à la bonne porte. Tu te souviens, Di, quand elle est sortie avec lui pour la première fois, on était derrière eux au cinéma ? Bon sang, je m'en souviendrai jusqu'à mon dernier souffle.

— L'autre qui se pâmait, précisa Mrs Plunkett. « Cela ne vous ennuie pas que je vous prenne la main, Margaret ? » J'ai cru que tu allais te faire péter un vaisseau sanguin, Clare !

— Comment s'appelait-il ?

Burden ressentait à la fois de l'ennui et de la colère. Il croyait s'être endurci avec l'âge, mais l'image du pauvre être inerte dans le bois revint brutalement devant ses yeux, ainsi que le visage blême de Parsons. Il réalisa soudain que parmi tous les gens qu'il avait interrogés, aucun ne lui avait plu. N'y avait-il donc aucune pitié en eux, aucune compassion ?

— Comment s'appelait-il ? demanda-t-il à nouveau avec lassitude.

— Dudley Drury. Parole d'honneur, c'était son nom.

— Tu parles d'un nom à coucher dehors, fit Mrs Plunkett.

Clare Clarke lui chuchota à l'oreille, mais suffisamment haut pour que Burden entende :

— Sûrement pas avec elle en tout cas !

Mrs Plunkett surprit l'expression de l'inspecteur et se sentit un peu honteuse. Dans une volonté un peu tardive de lui venir en aide, elle déclara, sur la défensive :

— Il est toujours dans la région si vous souhaitez le retrouver. Il habite près de la gare de Stowerton. Vous ne croyez tout de même pas qu'il ait pu tuer Maggie Godfrey ?

Clare Clarke intervint brusquement :

— Elle était très jolie, vous savez. Il l'aimait beaucoup. À l'époque, elle ne ressemblait pas du tout à cette effrayante caricature parue dans les journaux. Je crois que j'ai une photo de classe quelque part.

Burden avait ce qu'il voulait. À présent, il désirait seulement s'en aller. Il trouvait la journée trop avancée pour regarder des photos de famille. Il lui eût été plus utile d'en voir une dès jeudi, maintenant, il était trop tard.

— Je vous remercie, miss Clarke. Bonsoir, Mrs Plunkett.

— Bon, salut. Ravie de vous avoir rencontré. (Elle ne put s'empêcher de ricaner.) C'est pas si souvent qu'on voit un homme par ici, pas vrai, Di ?

À mi-chemin du sentier touffu, il s'arrêta net. Une femme en jodhpurs et chemise à col ouvert descendait vers la villa en sifflant. C'était Dorothy Sweeting.

« Dodo », pensa-t-il. Bien sûr, elles l'avaient pris pour Dodo lorsqu'il avait frappé à la porte, et voilà qui était la fameuse Dodo. Une longue expérience avait appris à Burden que, contrairement à ce qu'on racontait dans les romans policiers, le hasard est beaucoup plus fréquent dans la vie que le complot.

— Bonjour, miss Sweeting.

Elle lui sourit avec une joyeuse innocence.

— Salut, c'est marrant de vous voir ici. Je reviens juste de la ferme. Il y a autant de monde dans ce bois qu'à un championnat de football. Si vous les voyiez !

Burden soupira ; il n'avait jamais pu se faire à la curiosité inhumaine des gens.

— Vous savez, ce buisson où on l'a trouvée ? continua Dorothy Sweeting tout excitée, eh bien, Jimmy Traynor est en train d'en vendre des brindilles pour quelques pennies pièce. J'ai dit à Mr Prewett qu'il devrait faire payer une demi-couronne à l'entrée.

— J'espère bien qu'il n'a pas l'intention de suivre votre conseil, miss, rétorqua Burden d'une voix sévère.

— Il n'y a pas de mal à ça. J'ai connu un type... un avion s'était écrasé sur ses terres, alors il a transformé tout un champ en parking tellement il avait de visiteurs.

Burden s'effaça pour la laisser passer.

— Votre thé va refroidir, miss Sweeting, conclut-il.

— Jusqu'où cela ira-t-il ? s'exclama Wexford. Si on ne fait pas attention, ils vont rafler toutes les branches de ce bois pour les emporter comme souvenirs.

— Dois-je envoyer deux gars là-bas, monsieur ? demanda Burden.

— Parfaitement, et allez me chercher l'annuaire. Nous allons rendre une petite visite à ce Drury, tous les deux.

— Vous n'attendez donc pas d'avoir des nouvelles du Colorado ?

— Drury est une piste très sérieuse, Mike. Il pourrait fort bien être Doon. Quoi que dise Parsons sur la chasteté de sa femme, je ne peux m'empêcher de penser que, quand elle est revenue ici, elle a revu Doon et succombé à ses charmes. Quant au mobile du crime — tout ce que je peux dire, c'est qu'il existe des hommes qui étranglent leurs maîtresses ; et

Mrs Parsons avait peut-être accepté les promenades en voiture et les déjeuners au restaurant sans pour autant être prête à payer la note.

» Je vois les choses comme ça, Mike : Doon avait parlé avec Mrs Parsons et lui avait donné rendez-vous pour mardi après-midi avec l'arrière-pensée de la convaincre de devenir sa maîtresse. Cela aurait été trop risqué pour eux de se voir chez elle, alors il avait décidé de passer la prendre sur Pomfret Road. Elle prit le capuchon acheté le matin parce que le temps avait été pluvieux et qu'elle ne pensait pas rester tout le temps dans la voiture. Même si elle ne voulait pas de Doon pour amant, elle n'aurait pas voulu qu'il la voie avec les cheveux mouillés.

Le facteur temps tracassait Burden et il en fit la remarque à Wexford :

— Si elle a été tuée au début de l'après-midi, chef, pourquoi Doon aurait-il gratté une allumette pour la regarder ?

» Et si elle a été assassinée plus tard, pourquoi n'a-t-elle pas réglé ses factures avant de sortir et pourquoi n'a-t-elle pas prévenu son mari qu'elle rentrerait tard ?

Wexford haussa les épaules et répondit :

— Si je le savais. Dougie Quadrant se sert d'allumettes, il en a une boîte dans la poche. Comme la plupart des hommes d'ailleurs. Mais son comportement est très curieux, Mike. Il se montre parfois coopératif, et parfois franchement hostile. On n'en a pas encore terminé avec lui. Et Mrs Missal en sait plus qu'elle n'en dit.

— Dans ce cas, il y a aussi Missal, l'interrompit Burden.

Wexford prit un air pensif. Il se frotta le menton et répliqua :

— Je ne crois pas qu'il y ait de mystère sur ce qu'il faisait mardi. Il est d'une effroyable jalousie envers sa femme et pas sans raison, à ce qu'on sait. Je suis prêt à parier qu'il la tient à l'œil quand il peut. Il doit avoir des doutes sur Quadrant et quand elle lui a dit qu'elle sortait mardi après-midi, il a fait un saut jusqu'à Kingsmarkham, à tout hasard. Il l'a regardée partir, s'est assuré qu'elle n'allait pas au bureau de Quadrant et est retourné à Stowerton. Il sait qu'elle se mettrait sur son trente-et-un si elle devait voir Dougie. Quand il l'a vue sortir en voiture dans Kingsbrook Road, habillée de la même façon que le matin, il s'est dit qu'elle allait faire les magasins à Pomfret — qui ne ferment pas le mardi, contrairement à ceux de Kingsmarkham — et cela l'a calmé. Je suis persuadé que c'est ainsi que les choses se sont passées.

— Ça colle avec le personnage, en tout cas, acquiesça Burden. Est-ce que Quadrant habitait déjà là il y a douze ans ?

— Oh oui. Il a vécu ici toute sa vie, à l'exception de trois ans passés à Cambridge. Mais de toute façon, il était là en 1949. En tout cas, Mrs Parsons n'était pas son genre. Quand je lui ai demandé s'il la connaissait, il s'est contenté de rire, mais d'un rire tellement effroyable. Vraiment, Mike, ça m'a glacé le sang.

Burden regarda son chef avec respect, car il en fallait beaucoup pour impressionner Wexford.

— Les autres auraient pu être seulement, euh... des jouets, et Mrs Parsons l'amour de sa vie.

— Seigneur ! rugit Wexford. Je n'aurais jamais dû vous laisser lire ce livre. Des jouets, l'amour de sa vie ! Vous me donnez envie de vomir. Au nom du ciel, trouvez-moi où crèche ce Drury et allons-y.

L'annuaire indiquait que Mr Drury Dudley Junior et Mrs Drury Kathleen vivaient au 14 Sparta Grove à Stowerton. Burden se souvenait d'une rue bâtie de minuscules maisons jumelées d'après-guerre, non loin du garage de Missal. Il n'avait pas imaginé le fameux Doon dans un pareil décor. Il alla avec Wexford au *Carousel* où ils dînèrent d'un sandwich et arrivèrent à Stowerton vers 19 heures.

La maison de Drury surprenait par la couleur jaune vif de sa porte d'entrée surmontée d'un porche où une multitude de roses grimpantes étaient soigneusement attachées au treillis tout autour. Au beau milieu de la pelouse trônait un petit bassin en plastique qui figurait sans doute un étang et au bord duquel était fièrement planté un nain en caoutchouc tenant une canne à pêche. Il était évident que quelqu'un avait astiqué la Ford garée dans l'allée du garage. Pour des promenades clandestines, c'était une voiture que Mrs Katz aurait certainement dédaignée, mais elle brillait sûrement assez pour avoir épaté Margaret Parsons.

Le heurtoir représentait une tête de lion en fonte tenant un lourd anneau dans la gueule. Wexford le souleva et le laissa retomber. Comme personne ne répondait, il poussa la porte et les deux inspecteurs entrèrent dans le jardin de derrière. Dans le coin des cultures potagères, près de la barrière du fond, un homme ramassait des pommes de terre.

Wexford toussa et l'homme se retourna. Son visage était rouge et luisant de sueur, et malgré la chaleur, les manches de sa chemise étaient bien boutonnées aux poignets. Ses cheveux clairs et la blancheur de sa peau confirmèrent l'impression de Wexford sur sa sensibilité aux coups de soleil. Burden songea que ce n'était pas vraiment le genre d'homme à apprécier la poésie et à envoyer des bribes de poèmes à sa dulcinée, et certainement pas le genre d'homme à acheter des livres luxueux et inscrire de spirituelles dédicaces sur la page de garde.

— Mr Drury ? demanda Wexford posément.

Drury eut l'air interloqué, presque effrayé, mais cela pouvait être simplement dû à l'inquiétude de trouver deux intrus dans son jardin. De la sueur perlait au-dessus de sa lèvre supérieure, probablement en raison du travail manuel qu'il effectuait.

— Qui êtes-vous ? demanda-t-il d'une voix de fausset, comme si elle avait brutalement cessé de muer au moment de la puberté.

— Police, monsieur. Inspecteur-chef Wexford, et voici l'inspecteur Burden.

Visiblement, Drury avait travaillé dans son jardin

pendant un certain temps. À l'exception des quelques mètres carrés d'où les pommes de terre avaient été arrachées, la terre avait été fraîchement retournée en plusieurs endroits dans les parterres de fleurs. Il planta les dents de la fourche dans le sol et s'essuya les mains sur son pantalon.

— Vous venez me voir au sujet de Margaret ?

— Je pense que nous ferions mieux d'aller à l'intérieur, Mr Drury.

Ils entrèrent par une porte-fenêtre beaucoup moins élégante que celle de Mrs Missal, et se retrouvèrent dans une pièce minuscule encombrée d'un mobilier d'après-guerre strictement utilitaire.

Les reliefs d'un repas solitaire jonchaient la table, encore recouverte d'une nappe et d'assiettes sales empilées.

— Ma femme est absente, expliqua Drury. Elle a emmené les enfants à la mer ce matin. Que puis-je faire pour vous ?

Il s'assit sur une chaise, en offrit une à Burden et laissa poliment le seul fauteuil de la pièce à Wexford.

— Pourquoi avez-vous demandé si c'était au sujet de Margaret, Mr Drury ?

— J'ai reconnu sa photo dans les journaux. Ça m'a fichu un sacré coup. Hier soir, à la chapelle, ils parlaient tous de cela. Je peux vous dire que je me suis senti tout bizarre à l'idée de retrouver Margaret dans de pareilles circonstances.

Burden réfléchit qu'il devait s'agir de l'église méthodiste de Flagford. Il se souvenait d'une espèce de hutte peinte en marron avec un toit en tôle, à l'angle nord de la place du village.

Drury n'avait plus l'air effrayé mais seulement triste. Burden fut frappé par sa ressemblance avec Ronald Parsons, et pas uniquement une ressemblance physique. Ils avaient certes les mêmes traits indistincts, de fins cheveux clairs, mais aussi la même attitude défensive, la même façon monotone de parler. Un muscle tressaillit au coin de la bouche de Drury. Il eût été difficile d'imaginer quelqu'un d'encore plus dissemblable de Douglas Quadrant.

— Parlez-moi de votre liaison avec Margaret Godfrey, demanda Wexford.

Drury eut l'air surpris.

— Ce n'était pas une liaison, assura-t-il.

Burden se demandait de quoi il se sentait accusé.

— C'était une de mes amies. Elle était très jeune. Je l'ai rencontrée à l'église et nous sommes sortis ensemble peut-être... une dizaine de fois.

— Quand l'avez-vous invitée à sortir pour la première fois, Mr Drury ?

— Cela fait tellement longtemps. Douze ou treize ans... je ne sais plus. (Il regarda la terre qui séchait sur ses mains.) Excusez-moi, j'aimerais me laver les mains.

Il quitta la pièce. À travers le passe-plats aménagé dans la porte de la cuisine, Burden le vit ouvrir le robinet d'eau chaude et se laver abondamment les mains. Wexford sortit du champ de vision de Drury et se dirigea vers la bibliothèque. Au milieu des livres de poche et de quelques *Reader's Digest,* trônait un volume relié en daim bleu marine. Wexford le saisit vivement, l'ouvrit à la page de garde où il trouva une dédicace et le tendit à Burden.

C'était le même caractère et le même style passionné. Au-dessus du titre, *Le portrait de Dorian Gray,* Burden lut :

L'homme ne peut vivre que de vin, Minna, mais voici pourtant la meilleure nourriture. Adieu. Doon, juillet 1951.

11

Ils l'ont empêché de parler, l'ont hué, déchiré
Des supérieurs se sont ainsi conduits devant lui.
Matthew Arnold,
The Last Word.

Drury réapparut, un sourire prudent sur les lèvres. Il avait roulé les manches de sa chemise et ses mains étaient rougies par le soleil. Lorsqu'il vit le livre que Wexford tenait à la main, son sourire s'effaça et il dit avec agressivité :

— Surtout, ne vous gênez pas.

— D'où tenez-vous ce livre, Mr Drury ?

Drury jeta un coup d'œil sur l'inscription, regarda Wexford et rougit violemment. Le tic au coin des lèvres agita son menton à nouveau.

— Oh mon Dieu, soupira-t-il. C'est elle qui me l'a donné. J'avais oublié que je l'avais.

Wexford était devenu grave. Sa lèvre inférieure, charnue, saillait, lui donnant un air prognathe.

— Écoutez, reprit Drury, elle m'a offert ce livre quand on sortait ensemble. C'est écrit juillet là-dessus, alors c'est ça, c'était sûrement en juillet. (La rougeur disparut de son visage et il devint très pâle. Il se laissa tomber sur une chaise.) Vous ne me croyez pas, n'est-ce pas ? Ma femme pourra vous le confirmer. Ce livre est là depuis que nous sommes mariés.

— Pourquoi Mrs Parsons vous l'a-t-elle donné Mr Drury ?

— Cela faisait des semaines que je l'invitais à sortir. (Il regardait Wexford avec des yeux semblables à ceux d'un lièvre hypnotisé par les phares d'une voiture.) C'était en été — je ne sais plus. Qu'est-ce qui est écrit ? Cinquante et un. Il y avait un paquet pour Margaret. Quand elle l'a ouvert, elle avait l'air furieuse et elle a jeté le livre par terre, violemment, alors je l'ai ramassé. J'en avais entendu parler et je pensais... que c'était un livre cochon, si vous voulez tout savoir, et je voulais le lire. Elle m'a dit : « Je te le donne, si tu veux », ou quelque chose comme ça. Je ne me souviens plus très bien. Cela fait si longtemps. Minna en avait assez de ce Doon et je pensais qu'elle avait un peu honte de lui...

— Minna ? intervint Wexford.

— J'ai commencé à l'appeler Minna quand j'ai vu le nom écrit dans le livre. Qu'est-ce que j'ai dit ? Au nom du ciel, ne me regardez pas comme ça !

Wexford fourra le livre dans sa poche.

— Quand l'avez-vous vue pour la dernière fois ?

Drury tripotait la cordelette qui attachait le coussin à la chaise. Il en tiraillait nerveusement de petits fils de coton rouge. Au bout d'un long moment, il répondit :

— Elle est partie en août. Son oncle était mort.

— Non, je veux dire récemment, rectifia Wexford.

— Je l'ai rencontrée la semaine dernière. Ce n'est tout de même pas un crime de revoir quelqu'un qu'on connaissait ? Je l'ai reconnue en passant en voiture dans High Street, à Kingsmarkham. Je me suis arrêté un moment et je lui ai demandé comment elle allait, ce genre de choses...

— Continuez. Je veux tous les détails.

— Elle m'a dit qu'elle était mariée, qu'elle était venue vivre dans Tabard Road ; j'ai dit que j'étais marié aussi et qu'il faudrait qu'on se voie un de ces jours avec son mari et Kathleen, ma femme, et que de toute façon je l'appellerais ; voilà, c'est tout.

— Elle vous a dit son nom de femme ?

— Bien sûr. Pourquoi ne l'aurait-elle pas fait ?

— Mr Drury, vous avez dit que vous aviez reconnu

la photographie. Vous n'avez donc pas reconnu son nom ?

— Son nom, son visage, quelle importance ? Je ne suis pas au tribunal. Je ne peux pas faire attention à tous les mots que je prononce.

— Dites seulement la vérité et vous n'aurez pas à vous surveiller. L'avez-vous appelée ?

— Bien sûr que non. J'en avais l'intention, mais j'ai lu dans les journaux qu'elle était morte.

— Où étiez-vous, mardi entre 12 h 30 et 19 heures ?

— Je travaillais ; je suis employé chez mon oncle, il tient une quincaillerie à Pomfret. Demandez-lui, il vous dira que j'étais là toute la journée.

— À quelle heure ferme le magasin ?

— 17 h 30, mais le mardi j'essaie toujours de sortir tôt... De toute façon, vous n'allez pas me croire.

— Essayez toujours, Mr Drury.

— Je sais que vous n'allez pas me croire, mais ma femme pourra vous le dire, et mon oncle aussi. Je vais à Flagford tous les mardis pour prendre la commande de légumes de Kathleen. Il y a une pépinière dans Clusterwell Road. Il faut y arriver avant 17 h 30 sinon c'est fermé. Et j'ai été retenu au magasin mardi dernier, ce qui fait que je n'ai pas pu partir avant 17 h 15 et quand je suis arrivé chez Spellman, il n'y avait plus personne. J'ai fait le tour derrière les serres et j'ai appelé, mais tout le monde était parti.

— Alors vous êtes rentré sans vos légumes ?

— Non. Enfin, oui, mais pas directement. J'avais eu une dure journée et j'étais énervé d'avoir trouvé l'endroit fermé, alors je suis allé au *Swan* boire une bière. C'est une fille qui m'a servi. Je ne l'avais jamais vue avant. Écoutez, c'est peut-être pas utile que ma femme le sache ? Je suis méthodiste, vous comprenez ; membre de l'église. Je ne devrais pas boire.

Burden inspira profondément. Un meurtre avait été commis et lui s'inquiétait pour une bière clandestine !

— Vous êtes allé à Flagford par la grande route de Pomfret ?

— Oui. Je suis passé juste devant le bois où on l'a trouvée. (Drury se leva et fouilla en vain sur la tablette de la cheminée pour trouver des cigarettes.) Mais je ne me suis pas arrêté avant Flagford. Je me dépêchais pour aller chercher la commande... Écoutez, inspecteur, je n'aurais jamais rien fait contre Minna. C'était une gentille petite. Je l'aimais beaucoup. Jamais je ne ferais une chose pareille, tuer quelqu'un !

— Qui d'autre que vous l'appelait Minna ?

— Seulement ce Doon, pour autant que je sache. Elle ne m'a jamais dit son vrai nom. J'avais l'impression qu'elle avait plutôt honte de lui. Dieu sait pourquoi. Il était riche et en plus intelligent. En tout cas, c'est ce qu'elle disait. (Il se redressa et regarda les deux inspecteurs avec agressivité.) C'est moi qu'elle préférait, affirma-t-il.

Il se leva brusquement et regarda fixement la chaise qu'il avait maltraitée. Au milieu des assiettes sales qui encombraient la table, se dressait une bouteille de lait à moitié vide, des croûtes jaunes collant autour du goulot. Il s'en versa dans une tasse qu'il but aussitôt, renversant une petite flaque dans la soucoupe.

— Je vous conseille de rester assis, lui intima Wexford.

Il alla dans l'entrée et fit signe à Burden. Ils se tenaient l'un à côté de l'autre dans l'étroit corridor. La moquette était usée à l'endroit où la porte de la cuisine frottait et l'un des enfants avait gribouillé sur le papier mural avec un crayon bleu.

— Appelez au *Swan,* Mike, demanda Wexford.

Il crut entendre la chaise de Drury bouger et, se souvenant des portes-fenêtres ouvertes, se retourna tout d'une pièce. Mais Drury était toujours assis à la table, la tête enfouie dans ses mains.

Il entendit la voix de Burden provenant du salon à travers les minces cloisons, puis la brève sonnerie d'un téléphone que l'on décroche. Le bruit sourd des pas de Burden traversa la pièce, pénétra dans l'entrée et s'arrêta. Un terrible silence se fit, et Wexford passa la tête dans l'encadrement de la porte tout en gardant un œil sur Drury.

Burden se tenait près de la porte d'entrée. Au pied du mur de l'étroit escalier, était posé un portemanteau aux curieux entrelacs de fer forgé avec des poignées aux couleurs criardes, au lieu de crochets, pour pendre les vêtements. Un blouson d'homme et un imperméable d'enfant en plastique y étaient suspendus, ainsi qu'une capuche en nylon rose transparent.

— Les empreintes ne marquent pas là-dessus, fit Wexford. Reprenez le téléphone, Mike. Je vais avoir besoin d'aide ; demandez à Bryant et à Gates de venir tout de suite.

Il traversa la minuscule entrée en trois enjambées, décrocha la capuche et la montra à Drury :

— Où avez-vous trouvé cela, Mr Drury ?

— C'est sans doute à ma femme, répondit-il. (Puis, avec une soudaine assurance, il ajouta avec défi :) Ça ne vous regarde pas !

— Mrs Parsons a acheté une capuche semblable à celle-ci mardi matin. (Wexford l'observa se recroqueviller une fois de plus dans un effroyable désespoir.) Je veux votre autorisation de fouiller cette maison, Drury. Ne vous y trompez pas, je peux obtenir un mandat de perquisition ; ça prendra juste un peu plus de temps.

On eût dit que Drury allait se mettre à pleurer.

— Oh, faites ce que vous voulez. J'aimerais seulement fumer une cigarette. J'ai oublié mon paquet à la cuisine.

— L'inspecteur Burden va vous l'apporter dès qu'il aura fini de téléphoner.

Ils commencèrent à fouiller la maison et furent rejoints une demi-heure plus tard par Gates et Bryant. Puis Wexford demanda à Burden de contacter l'oncle de Drury à Pomfret, la pépinière de Spellman, et le directeur du supermarché.

— La serveuse du *Swan* ne travaille pas ce soir, fit Burden, mais elle habite au 3 Cross Roads Cottages à Flagford. Pas de téléphone. Elle s'appelle Janet Tipping.

— Bon, envoyez Martin là-bas immédiatement. Essayez d'obtenir de Drury un numéro de téléphone où on peut joindre sa femme. Si elle n'est pas trop loin — Brighton ou Eastbourne — vous pouvez y être cette nuit. Dès que j'aurai retourné cette maison de fond en comble, j'irai reprendre une petite conversation avec Mrs Quadrant. Elle reconnaît qu'elle avait une relation « amicale » avec Mrs Parsons, et elle est pratiquement la seule, à part notre ami dans la pièce à côté.

Burden étira le capuchon rose pour en tester la solidité.

— Vous croyez vraiment que c'est lui, Doon ? interrogea-t-il, incrédule.

Wexford continuait d'ouvrir les tiroirs et de farfouiller dans un fouillis de crayons de couleur, cartes à jouer, bobines de fil et bouts de papier couverts de gribouillis d'enfants. Mrs Drury n'était pas une maîtresse de maison très soigneuse : tous les placards et les tiroirs montraient le même désordre.

— Je ne sais pas, répondit-il enfin. Pour l'instant, on dirait bien que c'est lui, mais il reste un sacré nombre de choses qui ne collent pas. Cela ne correspond pas du tout à ce que j'imaginais, Mike ; mais puisqu'on ne peut pas se permettre d'imaginer...

Il feuilleta tous les livres de la maison mais n'en trouva aucun autre offert par Doon à Minna. Il n'y avait d'ailleurs pas plus d'une trentaine de volumes : aucun poème victorien et les seuls romans, à l'exception du *Portrait de Dorian Gray,* étaient des romans policiers.

Dans le placard de la cuisine, Bryant trouva un trousseau de clefs pendu à un crochet. Il y avait la clef de la porte d'entrée, celle du coffre-fort dans la chambre de Drury, deux autres correspondaient aux portes de la salle à manger et du salon, et la cinquième était celle du garage. Les clefs de contact de la voiture de Drury étaient dans la poche de son blouson suspendu au portemanteau et la clef de la porte de derrière était dans la serrure. Wexford, à la recherche d'un porte-monnaie, n'en trouva qu'un en plastique vert et blanc en forme de tête de chat. Il était vide et portait à l'intérieur une étiquette au nom de « Susan Mary Drury ». La fille de Drury avait emporté ses économies au bord de la mer.

On accédait au grenier par une trappe dans le plafond. Bryant alla chercher l'escabeau de Drury dans le garage et explora l'endroit. Gates resta en bas avec Drury, et Wexford sortit et alla à sa voiture. Au passage, il gratta un peu de poussière sur les pneus de la Ford bleue.

Une pluie fine tombait. Il était 22 heures et il faisait très sombre pour une nuit d'été. Si Drury l'avait tuée à 17 h 30, il faisait encore grand jour et la lumière d'une allumette aurait été parfaitement inutile. C'était donc un pur hasard. Il est vrai qu'une allumette était bien la trace la moins compromettante qui soit ! Mais pourquoi n'avait-elle pas réglé les factures, qu'avait-elle fait au cours de ces longues heures, entre le moment où elle avait quitté la maison et celui où elle avait rencontré Doon ? D'un autre côté, Drury avait terriblement peur... Wexford aussi avait remarqué sa ressemblance avec Ronald Parsons. On pouvait donc imaginer que c'était le genre de personnalité qui attirait Margaret Parsons et qu'elle avait choisi son mari parce qu'il lui rappelait son ancien amant.

Il alluma ses phares, mit les essuie-glaces et reprit le chemin de Kingsmarkham.

12

Vous ai-je rencontrés à dîner la semaine dernière,
Elle et toi, aux yeux et à la chevelure
Aussi noirs que ceux de Ptolémée ?

Sir Edwin Arnold,
To a pair of egyptian skippers.

De nuit, la maison était encore moins accueillante. Éclairé par les phares de la voiture de Wexford, le rude granit gris scintillait et les feuilles de l'aubépine sans fleurs qui s'y accrochait prenaient une pâle couleur vert jaunâtre.

Les Quadrant avaient des invités à dîner. Wexford se rangea à côté de la Daimler noire et monta les escaliers. Il sonna plusieurs fois avant que la porte d'entrée ne lui fût ouverte, doucement, d'une lenteur presque alarmante, par Quadrant lui-même.

Lorsqu'il dînait avec Helen Missal, il portait une tenue de ville. Chez lui, en présence de sa femme et de ses invités, il allait jusqu'à revêtir un smoking. Mais il n'y avait pas une once de vulgarité chez lui, pas de gilet excentrique ni la moindre trace de ce bleu nuit de si mauvais goût. Son smoking était noir et d'une coupe impeccable, sa chemise — Wexford adorait se remémorer une citation appropriée à chaque fois qu'il le pouvait — « plus blanche que la neige fraîchement tombée sur les ailes d'un corbeau ».

Quadrant ne prononça pas une parole mais eut l'air de fixer, à travers Wexford, le jardin obscur. Il dégageait une sorte de majesté insolente accentuée par les tapisseries dont il était entouré. Mais Wexford se fit sévèrement remarquer qu'après tout, cet homme n'était qu'un avocat de province.

— J'aimerais parler avec votre femme, Mr Quadrant.

— À cette heure ?

Wexford regarda sa montre ; simultanément, Quadrant releva sa manche — dont les boutons de manchette en argent et onyx brillèrent dans la lumière tamisée — et leva des sourcils interrogateurs en regardant le cadran de platine de son bracelet-montre.

— C'est extrêmement ennuyeux, remarqua-t-il sans esquisser le moindre geste pour laisser entrer Wexford. Ma femme n'est pas quelqu'un de très solide et il se trouve que mes beaux-parents dînent avec nous...

« Le vieux Rogers et sa bonne femme, de Pomfret Hall », pensa Wexford vulgairement. Il demeura imperturbable, sans l'ombre d'un sourire.

— Très bien, dit Quadrant, mais soyez bref, voulez-vous ?

Un léger mouvement se fit entendre dans le hall derrière lui. Une robe marron, une mince silhouette couleur café, passa un instant devant les arbres brodés des tapisseries, puis la gouvernante de Mrs Quadrant s'évapora.

— Veuillez entrer dans la bibliothèque. (Quadrant l'introduisit dans une pièce meublée de fauteuils en cuir bleu.) Je ne vous offre pas un verre puisque vous êtes en service. (Les mots étaient prononcés avec une pointe d'agressivité mais adoucis aussitôt par son rapide sourire félin.) Excusez-moi, je vais chercher ma femme.

Il se retourna d'un mouvement lent et gracieux de danseur, s'arrêta un instant puis ferma la porte derrière lui, enfermant Wexford à l'écart.

Ainsi, pensa celui-ci, il ne le laisserait pas débarquer en pleine réunion de famille. L'homme était nerveux mais cachait une peur trouble, à la façon des gens de sa classe, sous une extrême maîtrise de soi.

En attendant, il laissa errer son regard sur les livres qui l'entouraient. Il y en avait des centaines sur des étagères entières, qui couvraient les quatre murs. Nombreux étaient les volumes de poésie ou de romans victoriens, mais la littérature des XVIIe et XVIIIe siècles était aussi bien représentée. Wexford haussa les épaules. Kingsmarkham était remplie de maisons de ce genre, un bastion d'abondance, des maisons avec des bibliothèques, des bibliothèques remplies de livres...

Fabia Quadrant entra presque sans bruit. Sa robe longue était noire et il se souvint que le noir n'était pas une couleur mais seulement un prisme de lumière. Son visage était animé, un peu agité, et elle l'accueillit avec bonne humeur.

— Re-bonjour, inspecteur.

— Je ne vous retiendrai pas longtemps, Mrs Quadrant.

— Voulez-vous vous asseoir ?

— Merci. Un instant seulement.

Il la regarda s'asseoir et croiser les mains sur ses genoux. Le diamant qu'elle portait à la main gauche scintillait sur l'écrin noir de sa robe.

— Je veux que vous me disiez tout ce dont vous pouvez vous souvenir au sujet de Dudley Drury.

— Eh bien, c'était mon dernier trimestre à l'école, répondit-elle. Margaret m'avait dit qu'elle avait un petit ami — le premier peut-être. Je ne sais pas. C'était il y a douze ans seulement, inspecteur, mais nous étions différentes des adolescentes d'aujourd'hui. Il n'y avait rien d'extraordinaire à ne pas avoir de copain à dix-huit ans ; vous comprenez ?

Elle articulait chaque mot lentement comme si elle faisait la leçon à un enfant. Quelque chose dans son attitude agaçait Wexford et il se demanda si elle avait jamais dû se presser dans la vie, si elle avait jamais avalé un repas debout en vitesse ou couru pour attraper un train.

— C'était peut-être un peu inhabituel, mais certainement pas curieux. Margaret ne me l'a jamais présenté mais je me souviens de son nom parce qu'il me faisait penser à Drury Lane à Londres.

Wexford essayait de contenir son impatience.

— Que vous a-t-elle dit à son sujet, Mrs Quadrant ?

— Très peu de choses. (Elle s'interrompit et le regarda comme si elle était attentive à ne pas compromettre un homme en danger.) Elle ne lui reprochait qu'une seule chose : sa jalousie. Elle disait qu'il était fanatiquement jaloux.

— Je vois.

— Il ne voulait pas qu'elle ait d'autres amis. J'avais l'impression qu'il était très émotif et très possessif.

« Des sentiments qui vous sont plutôt étrangers, n'est-ce pas ? » songea Wexford. Pourtant, il se posait des questions en pensant à l'inconstance de Quadrant. Il fut tiré de sa rêverie par une voix inhabituellement cassante et impérieuse.

— Il était bouleversé qu'elle retourne à Londres. Margaret disait qu'il était dans un état épouvantable, que la vie n'avait plus de sens sans elle. Vous imaginez le genre de choses.

— Mais il ne la connaissait que depuis quelques semaines.

— Je me contente de vous rapporter ce qu'elle disait, inspecteur. (Elle sourit comme si elle était à une incroyable distance de Drury et Margaret Godfrey, à des années-lumière.) Elle avait l'air de s'en moquer. Margaret n'était pas quelqu'un de sentimental.

On entendit un léger bruit de pas dans le hall et la porte s'ouvrit derrière Wexford.

— Oh, te voilà, dit Fabia Quadrant. L'inspecteur et moi étions en train de parler d'amours de jeunesse. Tout cela ressemble plus à mes yeux à une « dépense de l'esprit dans un désert de honte ».

« Mais ce n'était pas un amour de jeunesse », pensait Wexford en tentant vainement de replacer la citation. Cela ressemblait plus à ce qu'il avait vu sur le visage d'Helen Missal cet après-midi.

— Encore une petite chose, Mrs Quadrant. Mrs Parsons avait l'air de s'intéresser à la poésie victorienne, au cours des deux années passées à Flagford. Je me demandais s'il y avait une raison particulière à cela.

— Rien de morbide, si c'est ce que vous voulez dire, répondit-elle. La poésie du XIXe siècle faisait partie du programme du Certificat de fin d'études secondaires en 1951.

Quadrant fit alors quelque chose de curieux. Il traversa la bibliothèque et saisit un livre sur une étagère sans la moindre hésitation. Wexford eut l'impression qu'il aurait pu mettre la main dessus les yeux bandés, ou dans la plus complète obscurité.

— Oh, Douglas, réagit sa femme, monsieur ne tient sans doute pas à voir cela.

— Regardez, fit Quadrant.

Wexford lut une inscription gravée dans la couverture du livre :

« Offert à Fabia Rogers pour ses brillants résultats au Certificat de fin d'études secondaires, 1951. »

Dans son travail, Wexford ne pouvait se permettre d'être à court de mots, mais à ce moment précis, il ne pouvait trouver aucune formule pour encourager la fierté qui illuminait le visage bronzé de Quadrant, ou atténuer la gêne qui se lisait sur celui de sa femme.

— Je dois partir, maintenant, dit-il enfin.

Quadrant remit vivement le livre à sa place et prit sa femme par le bras. Elle posa ses doigts fermement sur la manche de sa veste. Ils avaient soudain l'air très proches, mais, malgré tout, cela semblait une étrange et chaste communion, comme des frère et sœur, Ptolémée et Cléopâtre.

— Bonne nuit, Mrs Quadrant. Merci de votre aide. Je m'excuse de vous avoir dérangée... (Il regarda à nouveau sa montre) à cette heure, acheva-t-il en savourant l'hostilité de Quadrant.

— Pas du tout, inspecteur, répliqua-t-elle avec un rire confiant, comme si elle était réellement l'heureuse femme d'un mari dévoué.

Ils le raccompagnèrent ensemble. Quadrant se montrait sociable et toujours courtois, mais sous la manche sur laquelle s'appuyaient les doigts de sa femme, sa main était crispée et ses phalanges pâles comme de la cire sous la peau brune.

Une bicyclette était appuyée contre le mur du poste de police, une bicyclette munie d'un panier accroché sur le porte-bagages, équipée de phares et d'une sacoche à outils pleine à craquer. Wexford entra dans le hall et faillit renverser une jeune femme blonde et grassouillette vêtue d'une veste en cuir sur une jupe plissée.

— Je vous demande pardon.

— Il n'y a pas de mal, dit-elle. Rien de cassé. Ce ne serait pas vous par hasard, le grand chef ?

Derrière le comptoir, le sergent esquissa un léger sourire vite transformé en toux et dissimulé derrière sa main.

— Je suis l'inspecteur-chef Wexford. Puis-je vous aider ?

Elle tira quelque chose de son sac en bandoulière.

— En fait, c'est moi qui suis censée vous aider. Un de vos copains est venu chez moi...

— Miss Clarke, devina Wexford, voulez-vous passer dans mon bureau ?

Il devint soudain considérablement optimiste. Cela changeait de voir enfin quelqu'un venir à lui. Mais ses espoirs retombèrent tout aussi vite lorsqu'il vit ce qu'elle tenait à la main : une autre photographie.

— Je l'ai trouvée au milieu d'un tas de vieilleries. Si vous devez remuer ciel et terre pour trouver des gens qui ont connu Margaret, ça peut vous aider.

C'était un agrandissement représentant une douzaine de jeunes filles sur deux rangs. De toute évidence, la photographie était un travail d'amateur.

— C'est Di qui l'a prise, confirma miss Clarke. Di Stevens. Presque toute la classe de terminale est là. (Elle le regarda comme si elle craignait, en l'apportant, d'avoir fait quelque chose de stupide.) Vous pouvez la garder si vous voulez.

Wexford la mit dans sa poche avec l'intention de la regarder plus tard, quoiqu'il doutât désormais de son utilité. En raccompagnant miss Clarke, il tomba sur le sergent Martin qui revenait de son entretien avec le directeur du supermarché. Il était impossible de déterminer le nombre de capuches vendues par couleur au cours de la semaine mais seulement la vente globale. Le stock était arrivé mardi, et, samedi soir, vingt-six capuches avaient été vendues. Le directeur estimait qu'environ un quart de la commande était rose et évaluait très approximativement la vente à six articles dans cette couleur.

Wexford envoya sur-le-champ Martin à Flagford à la recherche de Janet Tipping. Puis il composa le numéro de Drury, mais ce fut Burden qui répondit. Ils n'avaient rien trouvé dans la maison. Mrs Drury était chez sa sœur à Hastings mais elle n'avait pas de téléphone.

— Martin va devoir aller là-bas, fit Wexford. Je ne peux pas me passer de vous ici. Qu'a dit Spellman ?

— Ils ont fermé à 17 h 30 tapantes mardi dernier. Drury est allé chercher ses légumes le lendemain.

— Pourquoi est-ce qu'il achète ses légumes, d'ailleurs ? Il en fait pousser dans son jardin.

— La commande était pour des tomates, un concombre et des courgettes, chef.

— En parlant de jardinage, je vais vous envoyer des lampes pour que vous puissiez commencer à creuser. Il se pourrait bien que la clef et le porte-monnaie soient enterrés avec les pommes de terre.

Dudley Drury était dans un état pitoyable lorsque Wexford revint à Sparta Grove. Il marchait de long en large mais n'avait pas l'air très solide sur ses jambes.

— Il a été malade, monsieur, dit Gates.

— Que voulez-vous que j'y fasse, grogna Wexford, je ne suis pas infirmière !

La fouille de la maison était terminée et tout avait l'air beaucoup mieux rangé qu'avant le passage des policiers. Quand l'équipement d'éclairage fut arrivé, Bryant et Gates commencèrent à creuser le carré de pommes de terre. Livide, Drury observait depuis la fenêtre de la salle à manger les gestes des inspecteurs en train de retourner les mottes de terre. Wexford réfléchissait que cet homme avait autrefois déclaré que la vie serait insupportable sans Margaret Parsons. Mais voulait-il vraiment dire qu'elle aurait été insupportable si un autre que lui possédait sa bien-aimée ?

— J'aimerais que vous me suiviez au poste à présent, Drury.

— Vous allez m'arrêter ?

— Je voudrais seulement vous poser quelques questions supplémentaires, précisa Wexford.

Pendant ce temps, Burden était allé à Pomfret, avait réveillé le quincaillier et vérifié l'alibi du neveu.

— Dud quitte toujours le magasin tôt le mardi, grogna-t-il. De plus en plus tôt chaque semaine, d'ailleurs. Plutôt 17 heures que 17 h 15.

— Alors vous diriez qu'il est parti vers 17 heures mardi dernier ?

— Non, pas exactement. Plutôt 17 h 10, 15. J'étais occupé au magasin. Il est venu et m'a dit : « Je m'en vais, mon oncle. » Je n'avais aucune raison de vérifier l'heure, vous ne croyez pas ?

— Donc il pouvait être environ 17 h 10 ou 15 ?

— Il pouvait aussi bien être 20, je peux pas vous dire.

Une pluie fine continuait de tomber. La route principale était noire et scintillait comme une matière visqueuse. Le chemin et le bois étaient déserts à présent. Les branches des arbres s'agitaient dans le vent. Burden ralentit, pensant qu'il était bien étrange qu'un coin de campagne aussi dépourvu d'intérêt devînt soudain, en raison du drame qui s'y était déroulé, une cachette sinistre et effrayante, le point de convergence de tous les regards curieux et peut-être, pour les années à venir, un but de visite de la moitié des touristes de la région. Dès lors, le château de Flagford passerait au second rang derrière le bois de Prewett dans le guide des endroits macabres.

Dans la cour du poste de police, il rencontra Martin, qui lui annonça que Janet Tipping était introuvable. Elle était sortie avec son copain comme tous les samedis soir et sa mère avait précisé à Martin avec une indifférence agressive qu'il n'y avait aucun problème à ce qu'elle rentre vers une ou deux heures du matin. La maison était sale et la mère une souillon. Elle ne savait pas où était sa fille mais supposait qu'elle était allée faire un tour sur la côte en moto avec son ami.

Burden frappa à la porte de Wexford, qui lui cria d'entrer.

Drury et Wexford étaient assis l'un en face de l'autre.

— Reprenons, disait l'inspecteur-chef, qu'avez-vous fait mardi soir ?

Burden alla discrètement s'asseoir sur l'une des chaises en métal et tweed. L'horloge, accrochée au mur entre le classeur où les livres de Doon étaient toujours empilés et la carte de Kingsmarkham, indiquait qu'il ne manquait plus que dix minutes pour que sonne minuit.

— J'ai quitté le magasin à 17 h 15 et roulé sans arrêt jusqu'à Flagford. Quand je suis arrivé chez Spellman, la boutique était fermée alors j'ai fait le tour et je suis allé voir près des serres. J'ai appelé une ou deux fois mais tout le monde était parti. Écoutez, je vous ai déjà raconté tout cela.

Impassible, Wexford rétorqua :

— Très bien, disons que j'ai une mauvaise mémoire.

La voix de Drury était devenue suraiguë et très tendue. Il sortit son mouchoir et s'épongea le front.

— J'ai regardé aux alentours pour voir si la commande avait été préparée et laissée quelque part, mais il n'y avait rien. (Il s'éclaircit la gorge.) J'étais agacé parce que ma femme voulait les légumes avant le dîner. J'ai traversé le village en roulant lentement au cas où j'apercevrais Mr Spellman, mais je ne l'ai pas vu.

— Avez-vous vu quelqu'un que vous connaissez, ou que vous connaissiez quand vous habitiez Flagford ?

— Il y avait des gamins, répondit Drury, mais je ne sais pas qui c'était. Écoutez, je vous ai déjà raconté le reste. Je suis entré au *Swan* et cette fille m'a servi...

— Qu'avez-vous bu ?

— Un demi. (Il rougit. « De son mensonge », se demanda Burden, « ou de son péché contre la foi ? ») L'endroit était désert. J'ai toussé pour attirer l'attention et au bout d'un moment une fille est entrée dans la salle. J'ai commandé un demi et je l'ai payé. Elle doit s'en souvenir.

— Ne vous inquiétez pas. On va lui demander.

— Elle n'est pas restée au bar. J'étais tout seul. Quand j'ai eu fini ma bière, je suis retourné chez Spellman et comme il n'y avait toujours personne, je suis rentré chez moi.

Drury se leva de sa chaise et agrippa le bord du bureau. Les papiers de Wexford frissonnèrent et le combiné racla sur le téléphone.

— Écoutez, hurla-t-il, je vous l'ai dit. Jamais je n'aurais levé la main sur Margaret.

— Asseyez-vous, ordonna Wexford.

Drury s'affaissa de nouveau sur son siège, le visage envahi de tics.

— Vous étiez extrêmement jaloux, non ? (Il parlait désormais sur le ton de la conversation, d'une voix compréhensive.) Vous ne vouliez pas qu'elle ait d'autres amis que vous.

— C'est faux. (Il essaya de crier, mais ne maîtrisait plus sa voix.) C'était juste une amie. Je ne comprends pas ce que vous voulez dire par jaloux. Bien sûr, je ne voulais pas qu'elle sorte avec d'autres garçons quand elle était avec moi.

— Étiez-vous son amant, Drury ?

— Pas du tout. (Il rougit violemment devant l'affront.) Vous n'avez pas le droit de me poser de pareilles questions. Je n'avais que dix-huit ans.

— Vous lui avez offert beaucoup de livres, non ?

— C'est Doon qui les lui a offerts, pas moi. Et c'était fini entre eux quand elle sortait avec moi. Je ne lui ai jamais rien donné. J'en avais pas les moyens.

— Où se trouve Foyle's, Drury ?

— À Londres. C'est une librairie.

— Y avez-vous acheté des livres que vous avez donnés à Margaret Godfrey ?

— Je vous ai déjà dit que je ne lui en ai jamais offert.

— Et *Le portrait de Dorian Gray ?* Celui-là vous l'avez gardé, pourquoi ? Vous pensiez que cela la choquerait ?

Drury se contenta de répondre d'un ton morne :

— Je vous ai donné un exemple de mon écriture.

— Une écriture change beaucoup en douze ans. Parlez-moi de ce livre.

— Encore une fois, on était dans la maison de sa tante quand le livre est arrivé dans un paquet. Quand elle a vu, en l'ouvrant, qui lui avait envoyé, elle m'a dit que je pouvais le prendre.

Ils le laissèrent enfin tranquille sous la surveillance silencieuse du sergent et sortirent.

— J'ai envoyé un exemple de l'écriture de Drury à ce spécialiste de St Mary's Road, annonça Wexford. Mais l'écriture, Mike, en douze ans ! On dirait que ces dédicaces ont été écrites en caractères d'imprimerie par quelqu'un dont l'écriture était trop laide ou trop difficile à lire. Celle de Drury est très ronde et tout à fait lisible. J'ai l'impression qu'il n'écrit pas beaucoup et que son écriture n'a jamais évolué.

— De tous les gens à qui j'ai parlé, c'est le seul qui appelait Mrs Parsons Minna, constata Burden, et qui connaissait l'existence de Doon. De plus, il avait une de ces capuches chez lui ; c'est peut-être l'une des cinq autres vendues, mais c'est peut-être aussi celle de Mrs Parsons. S'il a quitté son oncle à 17 h 10 ou 15, il pouvait tout à fait être chez Prewett à 17 h 20 et à cette heure, les vaches de Bysouth étaient dans le pré depuis presque une demi-heure.

Les téléphones étaient demeurés silencieux depuis un long moment, un temps inhabituellement long pour ce commissariat toujours très sollicité. Qu'était-il advenu du coup de fil qu'ils attendaient depuis le déjeuner ? Comme s'il avait été doué d'un mystérieux pouvoir de médium, Wexford déclara :

— On devrait avoir des nouvelles du Colorado dans peu de temps. En estimant qu'ils ont à peu près sept heures de décalage sur nous et en supposant que Mrs Katz était sortie pour la journée, elle ne devrait pas tarder de rentrer. Il est minuit et demi ici, ce qui fait 17 ou 18 heures sur la côte Ouest des États-Unis. Elle a des enfants en bas âge. J'imagine que si elle était sortie, elle ne va pas trop tarder.

Burden bondit en entendant le téléphone sonner. Il décrocha et tendit le récepteur à Wexford. Mais dès que celui-ci eut parlé, Burden comprit que ce n'était qu'un échec de plus.

— Oui, disait Wexford, oui ; merci beaucoup. Je vois. Tant pis... Parfait, bonne nuit. (Il se tourna vers Burden.)

— C'était Egham, le graphologue. Il dit que Drury aurait pu écrire ces inscriptions. Il est impossible que cette écriture ait été falsifiée, mais d'après lui, elle était très mûre pour un garçon de dix-huit ans et si c'était celle de Drury, on aurait pu s'attendre à une évolution beaucoup plus importante que ce que montre l'exemplaire de son écriture actuelle.

» En plus, il y a autre chose qui joue en sa faveur.

J'ai prélevé un échantillon des crénelures de ses pneus. Au labo, ils n'ont pas encore terminé, mais ils sont quasiment sûrs que cette voiture n'a jamais été garée dans un chemin boueux depuis sa sortie d'usine. Il n'y avait pratiquement que du sable et de la poussière. Prenons une tasse de thé, Mike.

Burden indiqua la porte d'un geste du pouce.

— Une tasse pour lui aussi, chef ?

— Mon Dieu, oui ! fit Wexford, exaspéré. Combien de fois faudra-t-il que je vous le répète ? On n'est pas au Mexique !

13

Quelquefois je suis fière,
Et quelquefois humble,
Et quelquefois je me souviens des jours anciens...

Christina Rossetti,
Aloof.

Margaret Godfrey était l'une des cinq jeunes filles assises sur le banc en pierre, au milieu du premier rang. Celles qui se tenaient debout derrière avaient une main posée sur l'épaule de celles de devant. Wexford dénombra douze visages. Le cliché pris par Diana Stevens était très précis et très net, et les ressemblances étaient frappantes, même après si longtemps. Il se remémora le visage qu'il avait vu posé sur la terre humide, puis observa avec un regain de curiosité celui de la photographie en plein soleil.

Margaret Godfrey avait une expression sereine mais ne souriait pas, contrairement à toutes les autres jeunes filles. Elle avait un haut front pâle, de grands yeux inexpressifs et des lèvres closes dont les coins esquissaient un imperceptible mouvement ascendant. Elle regardait l'objectif de la même façon que La Joconde avait regardé Léonard de Vinci. Ces traits sereins dégageaient une expression à la fois mystérieuse et indéfinissable. « Cette fille a l'air d'avoir vécu une expérience que la plupart de ses compagnes n'auraient jamais soupçonnée », songea Wexford, et qui l'avait marquée ; ce n'était toutefois ni de la souffrance ni de la honte qui transparaissait, mais simplement une tranquillité hautaine.

La tenue de sport qu'elle portait était tout à fait incongrue. On l'aurait mieux imaginée dans une robe à col montant et à manches bouffantes. Ses cheveux n'étaient alors pas encore crêpés ni permanentés, mais lisses et brillants ; ils effleuraient ses pommettes et formaient deux arcs de chaque côté de ses tempes.

Wexford lança un regard sur un Drury silencieux, assis désormais à cinq mètres de lui. Puis il regarda à nouveau longuement la photographie qu'il tenait entre les mains. Lorsque Burden entra, il était toujours en train de la fixer et son thé avait refroidi.

Il était près de 3 heures du matin.

— Miss Tipping est là, annonça-t-il.

Wexford quitta le jardin ensoleillé et cacha le cliché sous un dossier.

— Faisons-la entrer, alors.

Janet Tipping était une jeune fille grassouillette et vigoureuse, les cheveux remontés en haut chignon laqué au-dessus d'un visage stupide et méfiant. En voyant Drury, son expression vive et incompréhensive demeura inchangée.

— Eh bien, je n'en sais rien, fit-elle. Enfin, ça fait longtemps.

« Pas douze ans », pensa Burden, « seulement quatre jours ».

— C'est bien possible que je l'aie servi. Vous savez, je sers de la bière à des centaines de types... (Drury la fixait, les yeux exorbités, comme s'il essayait de réveiller sa mémoire floue et fatiguée.) Écoutez, je tiens pas à ce qu'on pende quelqu'un à cause de moi.

Elle s'approcha, scruta son visage comme s'il était une bête curieuse dans un zoo, puis se recula en secouant la tête.

— Il faut que vous vous souveniez de moi, cria Drury. Il le faut ! Je ferai n'importe quoi. Je vous donnerai ce que vous voulez mais rappelez-vous. Vous ne vous rendez pas compte, c'est capital...

— Oh, je vous en prie, gémit-elle, effrayée. J'ai beau me creuser les méninges, je ne me rappelle pas. (Elle regarda Wexford et ajouta :) Je peux partir maintenant ?

Le téléphone sonna au moment où Burden la raccompagnait. Il décrocha et tendit le récepteur à Wexford.

— Oui... oui, bien sûr qu'elle doit rentrer, dit-il. C'était Martin, précisa-t-il en se tournant vers Burden. Mrs Drury affirme avoir acheté cette capuche mardi après-midi.

— Ça ne veut pas forcément dire que..., commença Burden.

— Non, l'interrompit Wexford, et Drury est rentré après 18 h 30 mardi. Elle s'en souvient parce qu'elle attendait les tomates pour préparer une salade pour le dîner. S'il n'était pas en train de tuer Mrs Parsons, Mike, il a mis rudement longtemps à avaler sa bière. Et pour un innocent, il est pratiquement fou de terreur.

Burden fit une nouvelle tentative :

— Cela ne veut pas forcément dire que...

— Je sais, je sais, l'interrompit encore Wexford. Mrs Parsons les aimait jeunes et un peu niais, non ?

— Je suppose qu'on n'a rien trouvé dans le jardin, chef ?

— Cinq clous, environ cinquante kilos de briques cassées et une Rolls-Royce en plastique, énuméra Wexford. Il devrait nous remercier. Ça va lui éviter de bêcher son jardin à l'automne. (Il se tut un instant puis ajouta :) S'il est toujours là à l'automne.

Ils retournèrent dans le bureau. Drury était totalement immobile sur sa chaise, le visage couleur de cire.

— Vous avez mis un sacré bout de temps à boire votre bière, Drury, fit Wexford. Vous n'êtes pas rentré chez vous avant 18 h 30.

Drury marmonna entre ses dents :

— Je voulais cette commande alors je suis resté dans le coin. Il y a de la circulation à 18 heures. Je n'ai pas l'habitude de boire et je voulais attendre un peu avant de prendre le volant. Et puis je voulais trouver Mr Spellman.

« Un demi », pensa Burden, « et il n'osait pas conduire ? »

— Quand avez-vous repris pour la première fois votre liaison avec Mrs Parsons ?

— Puisque je vous dis que ce n'était pas une liaison. Je ne l'avais jamais revue au cours de ces douze années. Et un jour, je l'ai aperçue en passant en voiture dans High Street, alors je me suis arrêté et je lui ai parlé...

— Vous étiez jaloux de Mr Parsons, non ?

— Je n'ai jamais rencontré ce Parsons.

— Vous auriez été jaloux de n'importe qui du moment que c'était le mari de Margaret Godfrey. J'imagine que vous avez revu Mrs Parsons et que vous l'avez promenée en voiture. Elle en a eu marre et a menacé de le dire à votre femme.

— Demandez à ma femme. Elle vous dira que je ne l'ai jamais trompée. Je suis heureux avec elle.

— Elle est en route, Drury. Nous allons lui demander.

Drury avait jusqu'alors sursauté à chaque sonnerie du téléphone ; quand il résonna à nouveau après un long silence, un grand frisson le secoua et il eut un faible gémissement. Wexford, qui était depuis des heures sur des charbons ardents, se contenta de faire signe à Burden :

— Je le prends à côté.

La sténographie de Bryant couvrait peu à peu la feuille de papier de hiéroglyphes hésitants. Wexford venait de parler avec le chef de la police du Colorado, mais maintenant qu'il se tenait debout derrière Bryant, il n'entendait plus l'épais accent traînant dans l'appareil et se contentait de regarder les mots tomber sur le papier sous forme d'un enchevêtrement de signes mystérieux.

Vers 4 heures du matin, le texte était transcrit. Le visage toujours détendu mais éclairé d'une excitation latente, Wexford lut à nouveau la lettre. Les mots inanimés, tapés de façon impersonnelle sur du papier officiel, semblaient reprendre vie sous l'impulsion de la narration. Dans les profondeurs de la nuit, au milieu de ce mobilier de bureau et des classeurs en métal vert, Mrs Parsons fut un moment — l'un des rares instants de toute l'affaire — ressuscitée. Il n'y avait rien de dramatique dans ce qu'elle écrivait, le simple murmure d'une petite tragédie, mais à cause de son destin, la lettre devenait un terrible document, le seul témoignage tangible d'un fragment de sa vie intime :

Chère Nan,

J'imagine ta surprise quand tu liras ma nouvelle adresse. Oui, nous sommes revenus ici et habitons à deux pas de l'école et à quelques kilomètres seulement de notre chère vieille maison. Nous avons dû la vendre et avons perdu beaucoup d'argent dans cette affaire, alors quand Ron s'est vu proposer un emploi ici, nous avons cru que cela pourrait être la solution. La vie est censée être moins chère à la campagne, mais je t'assure que je n'ai pas encore remarqué la différence.

Malgré ce que vous pensiez tous, j'aimais vraiment vivre à Flagford. C'est seulement ce que tu sais qui m'en a empêchée. Crois-moi Nan, cette histoire avec Doon me faisait réellement peur, alors tu peux imaginer que cela ne m'a pas vraiment fait plaisir de rencontrer Doon à peine quinze jours après notre arrivée. J'ai douze ans de plus aujourd'hui, mais je suis toujours aussi effrayée et un peu dégoûtée. Je lui ai dit qu'il vaudrait mieux en rester là, mais Doon ne l'entend pas de cette oreille. J'admets que c'est plutôt agréable de se promener dans une belle voiture confortable et de se faire inviter à déjeuner dans des hôtels.

Crois-moi, Nan, il n'y a rien de plus qu'avant, juste de l'amitié. Lorsque Doon et moi étions plus jeunes, je pense sincèrement que nous ne savions pas qu'il pouvait y avoir autre chose. Du moins, moi, je ne le savais pas. D'ailleurs, cette seule pensée me révulse. Doon ne recherche que de la compagnie, mais c'est tout de même un peu angoissant.

Ainsi, tu vas avoir une nouvelle voiture. J'aimerais bien qu'on puisse se le permettre, nous aussi, mais pour l'instant cela ne fait même pas partie de nos rêves les plus fous. J'ai été désolée d'apprendre que Kim avait eu la varicelle si peu de temps après la rougeole. Je suppose qu'avoir une famille comporte des inconvénients et apporte autant d'inquiétudes que de joies. Je n'ai pas l'impression que Ron et moi allons avoir cette angoisse ou ce bonheur, vu que je n'ai même pas eu de fausse alerte depuis deux ans.

Mais je dis toujours que lorsqu'un mariage est vraiment aussi heureux que le nôtre, on ne devrait pas avoir besoin d'enfants pour le faire tenir. Mais ce n'est peut-être que du dépit. En tout cas, nous sommes réellement heureux, et Ron a l'air beaucoup plus détendu depuis que nous avons quitté Londres. Je n'arriverai jamais à comprendre, Nan, pourquoi des gens comme Doon ne savent pas se contenter de ce qu'ils ont et n'ont de cesse de demander la lune.

Bien, je dois te quitter à présent. Cette maison est très grande et pas vraiment tout confort ! Mon meilleur souvenir à Wil et à ta progéniture. Amitiés de Ron.

Je t'embrasse, Maggie.

Un mariage heureux ? Un mariage pouvait-il être heureux alors qu'il reposait sur les bases mouvantes du mensonge et du subterfuge ? Burden posa la lettre, puis la reprit pour la relire encore. Wexford lui fit part de sa conversation avec le chef de la police du Colorado et son visage s'éclaira un peu.

— On ne pourra jamais le prouver, dit Burden.

— Encore une chose, allez dire à Drury que Gates va le reconduire chez lui. S'il veut nous poursuivre en justice, j'imagine que Dougie Quadrant se fera un plaisir de lui filer un coup de main. Mais ne lui dites pas, évidemment. Et que je ne le voie plus. Il me rend malade.

Il commençait à faire jour. Le ciel était gris et brumeux, et les rues séchaient peu à peu. Wexford, raide et courbatu d'être resté assis aussi longtemps, décida de laisser sa voiture et de rentrer chez lui à pied.

Il aimait l'aube mais n'avait généralement pas suffisamment de volonté pour attendre cet instant à moins d'y être obligé. Cela l'aidait à réfléchir. Les rues étaient désertes. La place du marché semblait beaucoup plus grande que dans la journée et une petite flaque luisait dans le caniveau là où les bus s'arrêtaient. Sur le pont, il rencontra un chien qui se dirigeait avec assurance vers ses mystérieuses activités de chien, alerte, la tête haute, comme s'il avait un but très précis. Wexford s'arrêta un moment et regarda le fleuve. L'immense silhouette grise semblait lui rendre son regard, puis le vent froissa la surface de l'eau et brisa l'image reflétée.

Il laissa derrière lui la maison des Missal, puis les villas... Il était presque arrivé. Sur le tableau d'affichage de l'église méthodiste, il pouvait à peine déchiffrer, dans la lumière grandissante, les lettres peintes en rouge : « Dieu a besoin de votre amitié. » Wexford s'approcha et lut une note épinglée au-dessus : « Mr Ronald Parsons invite tous les membres de l'église ainsi que ses amis à assister à un service en mémoire de sa femme Margaret, décédée si tragiquement cette semaine, et qui se tiendra ici même dimanche à 10 heures. »

Ainsi, aujourd'hui, pour la première fois depuis sa mort, la maison de Tabard Road serait vide... « Non », pensa Wexford, « pas la première fois, puisque Parsons était au tribunal le matin même ». Mais alors... Il passa en revue certains événements de l'après-midi, un rire brutalement interrompu, un livre, une émotion violemment réprimée, une femme habillée pour se rendre à un rendez-vous.

« On ne pourra jamais le prouver », avait dit Burden.

Mais ils pouvaient toujours aller à Tabard Road dans la matinée et essayer.

Je demandais si peu, Minna. Seulement quelques heures volées aux dizaines d'heures qui font une semaine, quelques instants infimes arrachés à l'éternité.

Je voulais parler, Minna, étaler à tes pieds les peines et les chagrins, l'angoisse d'une décennie de désespoir. Je croyais que le temps, ce temps qui érode les dures aspérités de la cruauté, émousse la lame tranchante du mépris, taille la frange effilochée de la critique, que ce temps aurait adouci ton regard et attendri ton oreille.

C'était un bois si tranquille, un chemin que nous avions foulé il y a bien longtemps, mais tu avais oublié le parfum des fleurs que nous avions cueillies.

Je parlais doucement, pensant que tu méditais. Tout le temps, j'ai cru que tu écoutais, puis j'ai enfin cessé de parler, avide de ton aimable éloge, de ton amour enfin. Oui, Minna, de ton amour. Est-ce donc si mal, dès lors qu'il revêt les purs atours de la camaraderie ?

Je t'ai contemplée, j'ai touché tes cheveux. Tes yeux étaient fermés car tu avais trouvé le morne sommeil plus salutaire que mes paroles et j'ai su alors qu'il était trop tard. Trop tard pour l'amour, trop tard pour l'amitié, trop tard pour tout ; il ne restait plus que la mort...

14

Tant de placards à fouiller,
Tant d'alcôves à déranger.
Robert Browing,
Love in a life.

Parsons était vêtu d'un complet foncé. Sa cravate noire avait visiblement déjà été portée, peut-être à l'occasion d'autres deuils, et on voyait les traces brillantes laissées par un fer à repasser trop chaud et maladroitement manié. Une bande de tissu noir rectangulaire était cousue à sa manche gauche.

— Nous aimerions revoir la maison, dit Burden, si vous voulez bien me laisser la clef.

— Vous pouvez faire ce que vous voulez, ça m'est égal, répondit Parsons. Le pasteur m'a invité à déjeuner. Je ne rentrerai pas avant cet après-midi.

Il se mit à enlever les éléments du petit déjeuner qui encombraient la table, rangeant soigneusement la théière et le pot de confiture aux endroits prévus par la défunte. Burden le regarda ramasser le journal du dimanche resté plié, et pousser les miettes de pain dessus avant de les jeter dans une poubelle sous l'évier.

— Je vais vendre cette maison dès que possible, ajouta-t-il.

— Ma femme assistera sans doute au service, lui dit Burden.

Parsons garda le dos tourné. Il fit couler l'eau d'une bouilloire sur l'unique tasse, la soucoupe et l'assiette.

— J'en suis heureux, dit-il. Je me suis dit que les gens qui ne pourront pas aller aux obsèques demain aimeraient venir aujourd'hui.

Des traînées brunes salissaient l'évier ; des croûtes de pain et des feuilles de thé collaient sur les bords graisseux.

— Je suppose que vous n'avez pas encore de piste ? Sur le tueur, je veux dire.

C'était grotesque. Puis Burden se souvint de ce que cet homme lisait pendant que sa femme tricotait.

— Pas encore.

Il essuya la vaisselle puis se sécha les mains avec le torchon.

— Ça n'a pas d'importance, dit-il avec lassitude. Cela ne la ramènera pas.

La journée allait être chaude, la première journée réellement chaude de l'été. Dans High Street, la chaleur créait déjà des flaques d'eau illusoires, des nappes scintillantes qui disparaissaient dès que Burden approchait ; là où il y avait eu effectivement de l'eau la nuit précédente, une pellicule d'humidité brillait sur le goudron.

Les voitures commençaient leur pèlerinage vers la côte, pare-chocs contre pare-chocs, et Gates, en manches de chemise bleue, réglait la circulation au carrefour, les bras battant l'air. Burden commençait à souffrir du poids de sa propre veste.

Wexford l'attendait dans son bureau. Malgré les fenêtres ouvertes, il n'y avait pas un souffle d'air.

— L'air conditionné est plus efficace les fenêtres fermées, suggéra Burden.

Wexford marchait de long en large, humant le soleil.

— On est mieux comme ça, affirma-t-il. On va attendre 11 heures avant d'y aller.

Ils trouvèrent la voiture que Wexford espérait bien voir, garée discrètement dans une petite rue perpendiculaire à Kingsbrook Road, près du croisement avec Tabard Road.

— Merci mon Dieu, dit Wexford presque religieusement. Jusqu'ici tout va bien.

Parsons leur avait donné la clef de la porte de derrière et ils pénétrèrent sans bruit dans la cuisine. Burden avait cru que cette maison serait toujours froide, mais à présent, dans la chaleur du jour, elle était étouffante et sentait la nourriture avariée et le linge sale.

Le silence était absolu. Wexford passa dans l'entrée, suivi de Burden. Ils avançaient prudemment de peur que le vieux parquet ne les trahisse. La veste et l'imperméable de Parsons étaient suspendus au portemanteau, et sur la petite table carrée, au milieu d'un tas de prospectus, un mouchoir sale et une pile de courrier décacheté, quelque chose brillait. Burden s'approcha et regarda sans rien toucher. Il écarta les autres objets et ils virent tous les deux une clef et un fer à cheval porte-bonheur au bout d'une chaînette en argent.

— Par ici, dit Wexford dans un souffle.

Le salon de Mrs Parsons était chaud et poussiéreux, mais rien n'avait été déplacé. Les hommes de Wexford avaient tout remis en place, jusqu'au vase de roses en plastique qui masquait le foyer de la cheminée. Une myriade de particules de poussière dansait dans les rayons du soleil qui pénétrait à flots à travers les vitres fermées. Tout le reste était immobile.

Wexford et Burden restèrent derrière la porte. Il leur sembla attendre une éternité avant qu'il se passât quelque chose. Puis, lorsque cela arriva, Burden eut du mal à en croire ses yeux.

Par la baie vitrée, on pouvait voir une portion de la rue déserte, d'un gris éclatant dans la forte luminosité et nettement striée par les ombres courtes des arbres des jardins d'en face. Il n'y avait d'autres couleurs que ce gris et ce vert lumineux. Soudain, comme sur le tournage d'une scène de film, une femme surgit du côté droit, marchant d'un pas vif. Elle était vêtue de couleurs aussi criardes que le plumage d'un martin-pêcheur, telle une star du technicolor drapée en orange et vert jade. Sa chevelure, légèrement plus foncée que son chemisier, se balançait contre son visage comme une lourde tenture. Elle poussa la barrière, ses ongles pareils à dix grenats incrustés dans le bois écaillé, et s'éloigna précipitamment vers la porte de derrière. Helen Missal était enfin venue dans la maison de sa camarade de classe.

Wexford mit inutilement un doigt sur ses lèvres. Il leva les yeux vers le plafond décoré. Loin au-dessus de leurs têtes, un léger bruit de pas vint perturber le silence. Quelqu'un d'autre avait entendu claquer les talons de leur intruse.

À travers une fente d'à peine un centimètre entre la porte et son encadrement, Burden pouvait entrevoir une bande d'escalier mince comme le plat d'un couteau, vide jusqu'à présent, ne laissant apparaître qu'une ligne verticale de papier mural au-dessus de la rampe en bois. Il commençait à transpirer sous les bras. Une marche craqua et au même moment la porte de derrière grinça légèrement sur ses gonds en s'ouvrant en grand.

Burden avait les yeux rivés sur la bande de lumière en forme d'épée. Il se raidit, osant à peine respirer lorsque la ligne du mur fut obscurcie une seconde par une chevelure noire, un profil bronzé et une chemise blanche ombrée de bleu. Puis plus rien. Il ne savait même pas exactement où les deux personnes s'étaient retrouvées, mais c'était tout près de l'endroit où il se tenait, et il sentit plutôt qu'il n'entendit leur rencontre, tant le silence était devenu lourd et désespéré.

Quatre personnes seules dans la chaleur. Burden se surprit à prier le ciel de pouvoir rester à la fois aussi immobile et aussi attentif que Wexford. Enfin les talons résonnèrent à nouveau. Ils étaient entrés dans la salle à manger.

Ce fut l'homme qui parla le premier, et Burden dut

tendre l'oreille pour comprendre ce qu'il disait. Il parlait d'une voix basse et tendue mais maîtrisée.

— Tu n'aurais jamais dû venir ici, disait Douglas Quadrant.

— Il fallait que je te voie. (Helen Missal parlait fort et d'un ton précipité.) On devait se voir hier, mais tu n'es pas venu. Tu aurais pu pourtant, Douglas.

— Il m'était impossible de m'échapper. Je comptais venir quand Wexford est arrivé...

Sa voix s'amenuisa et le reste de la phrase se perdit.

— Après, tu pouvais. Je le sais, je l'ai rencontré.

Dans le salon, Wexford esquissa un petit mouvement de satisfaction : une pièce venait d'être ajoutée au puzzle.

— J'ai cru que..., commença-t-elle avec un rire nerveux. J'ai cru que j'en avais trop dit...

— Tu n'aurais rien dû dire du tout.

— Je n'ai rien dit. Je me suis arrêtée. Douglas, tu me fais mal !

Sa réponse avait quelque chose de sauvage mais ils ne purent l'entendre.

Helen Missal ne prenait même pas la peine de parler à voix basse, et Burden se demanda pourquoi l'un d'eux prenait autant de précautions et l'autre pratiquement aucune.

— Pourquoi es-tu venue ici ? Qu'est-ce que tu cherches ?

— Tu savais que je viendrais. Quand tu m'as appelée la nuit dernière et que tu m'as dit que Parsons serait absent, tu le savais...

Ils entendirent marcher à travers la pièce et Burden imaginait le petit nez droit se plisser de dégoût, les doigts étendus sur les minables coussins, dessinant des lignes dans la poussière du buffet. Son rire, méprisant et dépourvu d'humour, était surprenant.

— As-tu déjà vu une maison aussi affreuse ? Imagine, elle vivait ici. C'est vraiment ici qu'habitait la petite Maggie Godfrey...

C'est alors qu'il explosa, et oublieux de toute prudence, hurla :

— Je la haïssais ! Mon Dieu, Helen, si tu savais comme je la haïssais ! Je ne l'avais jamais vue avant cette semaine et pourtant c'est elle qui avait fait de ma vie ce qu'elle était. (Les bibelots posés sur les étagères du vaisselier vibrèrent et Burden supposa que Quadrant était appuyé sur le buffet, assez proche de lui pour le toucher s'il n'y avait eu le mur.) Je ne souhaitais pas sa mort, mais maintenant j'en suis heureux !

— Chéri ! (Ils n'entendirent rien mais Burden devina qu'elle était pendue à Quadrant, les bras autour de son cou.) Allons-nous-en maintenant, je t'en prie. Il n'y a rien pour toi ici.

Il l'avait violemment repoussée. Ils le comprirent au petit cri qu'elle poussa ainsi qu'au glissement d'une chaise dérapant sur le lino.

— Je retourne là-haut, chuchota Quadrant, et toi tu dois partir. Écoute, Helen. Tu es aussi voyante dans cette tenue que... (Ils remarquèrent qu'il s'était interrompu, cherchant une métaphore)... qu'un perroquet dans un pigeonnier.

On eût dit qu'elle sortait en chancelant, rendue infirme à la fois par ses hauts talons et le rejet de Quadrant. Burden, apercevant l'espace d'un instant un éclair orange et bleu à travers la fente de la porte, fit un léger mouvement, mais les doigts de Wexford se refermèrent sur son bras. Au-dessus d'eux, dans la maison silencieuse, quelqu'un s'impatientait. Le bruit de livres tombant sur le plancher deux étages plus haut résonna comme un coup de tonnerre lorsque l'orage est juste au-dessus de soi.

Douglas Quadrant l'entendit aussi. Il bondit vers les escaliers, mais Wexford les atteignit avant lui, et ils se retrouvèrent face à face dans le hall. Helen Missal eut un cri et leva un bras devant sa bouche.

— Oh mon Dieu ! s'écria-t-elle, pourquoi n'es-tu pas venu quand je te l'ai dit ?

— Personne n'ira nulle part, Mrs Missal, assura Wexford, sauf là-haut.

Il ramassa la clef avec son mouchoir.

Quadrant demeurait pétrifié, un bras levé, et Burden trouvait qu'il ressemblait tout à fait à un escrimeur, dans sa chemise blanche, à un chasseur chassé et pris au piège. Son visage était totalement inexpressif. Il fixa Wexford pendant un moment puis ferma les yeux.

Enfin, il dit d'une voix blanche :

— Eh bien, allons-y.

Ils montèrent lentement, Wexford en tête. Burden fermait la marche et songeait que c'était une bien ridicule procession. Tranquillement, les mains posées sur la rampe d'escalier, ils ressemblaient à un groupe de gens à la recherche d'une maison et munis d'un permis de visite ou à des parents conviés à se rendre au chevet d'un malade.

Sur le palier du premier étage, Wexford précisa :

— Je crois que nous allons tous monter dans la pièce où Minna rangeait ses livres, les livres que Doon lui avait donnés. L'affaire a commencé ici, dans cette maison, et il y aura peut-être une certaine justice poétique à la conclure au même endroit. Mais les livres de poésie ont disparu, Mr Quadrant. Comme vous le disait Mrs Missal, il n'y a rien pour vous ici.

Il n'ajouta rien d'autre, mais les bruits dans le grenier s'étaient intensifiés. Puis, au moment où Wexford posait la main sur la porte de la petite mansarde où Burden et lui avaient lu à haute voix quelques poésies, un léger soupir se fit entendre de l'autre côté.

Le sol du grenier était jonché de livres, certains ouverts et jetés ainsi par terre, d'autres sur la tranche, pages ouvertes en éventail et couvertures arrachées. Un des livres avait visiblement été lancé à travers la pièce et stoppé par le mur contre lequel il reposait, ouvert sur une illustration représentant une petite fille avec des nattes et tenant une crosse de hockey à la main. La femme de Quadrant était agenouillée au milieu de ce désordre, serrant une poignée de feuilles de couleurs froissées.

Lorsque la porte s'ouvrit et qu'elle vit Wexford, elle sembla faire un effort surhumain pour se comporter comme si elle était chez elle, fouinant dans son propre grenier, et eux des visiteurs inattendus.

L'espace d'une seconde, Burden eut l'invraisemblable impression qu'elle allait tenter de leur serrer la main. Mais aucune parole ne fut prononcée, et ses mains semblaient paralysées. Lentement, elle se releva et se mit à reculer vers la fenêtre, levant les bras peu à peu et enfin pressant ses doigts chargés de bagues contre ses joues. En se déplaçant, ses talons se prirent dans un des livres étalés, un album de petite fille ; elle trébucha et faillit tomber à la renverse de l'autre côté de la plus grosse des deux malles. Une empreinte en forme d'étoile marquait sa pommette à l'endroit où une bague s'était enfoncée dans la chair.

Elle resta où elle était tombée jusqu'à ce que Quadrant s'avance et la relève contre lui. Elle se mit alors à gémir, et cacha son visage dans le creux de l'épaule de son mari.

Dans l'encadrement de la porte, Helen Missal tapa du pied capricieusement et s'écria :

— Je veux rentrer chez moi !

— Voulez-vous fermer la porte, inspecteur Burden ? demanda Wexford en se dirigeant vers la minuscule fenêtre qu'il ouvrit aussi calmement que s'il avait été dans son bureau. Je crois qu'on a besoin d'air.

C'était une petite pièce — et de la même couleur kaki que l'intérieur d'une boîte à chaussures. Il n'y avait pas un souffle de vent, mais la lucarne s'ouvrit en grand pour laisser entrer une chaleur plus saine.

— Je crains qu'il n'y ait guère de place, s'excusa Wexford comme s'il était l'hôte de ces lieux. L'inspecteur Burden et moi-même resterons debout ; quant à vous, Mrs Missal, vous pouvez vous asseoir sur l'autre malle.

À la grande surprise de Burden, elle s'exécuta. Il remarqua qu'elle gardait les yeux rivés sur l'inspecteur-chef comme un sujet sous hypnose. Elle était devenue extrêmement pâle, et faisait soudain beaucoup plus que son âge. La chevelure rousse avait pris l'allure d'une perruque sur une femme d'âge mûr.

Quadrant, demeuré silencieux jusqu'alors, berçant sa femme comme une enfant pleurnicheuse, retrouva son dédain habituel et lança avec ironie :

— On applique les méthodes de la Sûreté, inspecteur ? Comme tout cela est mélodramatique !

Wexford l'ignora. Il restait debout, imperturbable, près de la fenêtre, le visage se dessinant à contre-jour sur le bleu clair du ciel.

— Je vais vous raconter une histoire d'amour, annonça-t-il, l'histoire de Doon et Minna.

Personne ne bougea, sauf Quadrant, qui attrapa sa veste posée sur la malle où était assise Helen Missal, tira un étui en or de l'une des poches et alluma une cigarette avec une allumette.

— Quand Margaret Godfrey vint ici pour la première fois, elle avait seize ans, commença Wexford. Élevée par des gens vieux jeu, elle avait l'air guindé et capable de se choquer facilement. Loin d'être la Londonienne venue épater les provinciaux, elle était une orpheline des faubourgs propulsée dans un monde sophistiqué. Qu'en pensez-vous, Mrs Missal ?

— Vous pouvez l'exprimer comme ça si ça vous chante.

— Afin de dissimuler sa gaucherie, elle affecta une curieuse attitude, se composa une personnalité faite de mystère, de réserve et de pruderie. Voilà un mélange qui ne peut que fasciner quelqu'un d'amoureux. Et il fascina Doon.

» Doon avait la fortune, l'intelligence et la beauté. Et je ne doute pas qu'au début Minna — c'est le nom que Doon lui avait donné et c'est ainsi que je l'appellerai désormais — Minna fut émerveillée. Doon pouvait lui donner des choses qu'elle n'aurait jamais pu s'offrir, alors, pendant un certain temps, Doon acheta son amour, ou plutôt sa compagnie ; car c'était un amour purement spirituel, où rien de physique n'intervenait.

Quadrant fumait furieusement. Il inspirait profondément, faisant rougeoyer le bout de sa cigarette.

— J'ai évoqué l'intelligence de Doon, poursuivit Wexford. Peut-être devrais-je ajouter qu'une brillante intelligence ne va pas forcément de pair avec un caractère indépendant. Il en était ainsi pour Doon. Dans son cas, le succès, l'épanouissement de l'ambition et la véritable réussite dépendaient d'une relation étroite avec l'élue — en l'occurrence, Minna. Mais Minna ne faisait qu'attendre son heure. Parce que, vous voyez... (Il regarda les trois personnes lentement et durement) vous *savez* que Doon, malgré sa fortune, son intelligence et sa beauté, présentait un handicap insurmontable, un handicap plus grand encore qu'une quelconque infirmité, surtout pour une femme venant du milieu de Minna, un handicap que le temps ou les circonstances ne pouvaient en aucun cas atténuer.

Helen Missal acquiesça vivement de la tête, les yeux éclairés par le souvenir. Appuyée contre son mari, Fabia Quadrant pleurait doucement.

— Alors, quand Dudley Drury est arrivé, elle a laissé tomber Doon sans un regard en arrière. Elle a caché dans une malle tous les livres luxueux offerts par Doon et ne les a plus jamais ouverts. Drury était terne et insignifiant — un blanc-bec, n'est-ce pas, Mrs Quadrant ? Pas passionné ou possessif. Ces adjectifs-là, c'est à Doon que je les appliquerais. Mais Drury n'avait pas le désavantage de Doon, alors Drury a gagné.

« C'est moi qu'elle préférait ! » Burden se souvenait de l'exclamation emphatique de Drury en plein milieu de son interrogatoire.

Wexford poursuivit :

— Quand Minna retira son amour, ou sa complaisance à se laisser aimer, si vous préférez, la vie de Doon fut brisée. Tout le monde avait cru qu'il ne s'agissait que d'un amour adolescent, mais c'était bien plus grave que cela. À dater de juillet 1951, s'est installée une névrose, restée latente pendant des années, mais qui se réveilla avec le retour de Minna. Doon se reprit à espérer. Les enfants étaient devenus des adultes, Minna allait peut-être enfin l'écouter et lui donner son amitié. Mais ce ne fut pas le cas, alors elle devait mourir.

Wexford fit un pas en avant, s'approchant de l'homme assis.

— Et nous en arrivons à vous, Mr Quadrant.

— Si votre démonstration ne bouleversait pas ma femme, je dirais que c'est une façon magnifique de tromper l'ennui d'un dimanche matin. (Sa voix était enjouée et hautaine, mais il lança sa cigarette nerveusement à travers la pièce par la fenêtre ouverte, frôlant l'oreille de Burden.) Continuez, je vous prie.

— Quand nous avons découvert la disparition de Minna — vous l'avez su tout de suite. Votre bureau donne sur le pont et vous avez dû nous voir draguer le fleuve — c'est à ce moment-là que vous avez compris que l'on pourrait trouver la terre de ce chemin collée à vos pneus de voiture. Afin de vous couvrir, car grâce à votre « position particulière » — je cite — vous connaissiez nos méthodes, il vous fallait donc retourner dans ce chemin avec votre voiture sous un prétexte valable. Il n'aurait pas été très sûr d'y retourner de jour, mais ce soir-là vous aviez rendez-vous avec Mrs Missal...

Helen Missal bondit et s'exclama :

— Non, c'est faux !

— Asseyez-vous, ordonna Wexford. Vous croyez vraiment qu'elle ne le sait pas ? Vous pensez qu'elle n'était pas au courant pour vous et toutes les autres ? (Il se tourna à nouveau vers Quadrant.) Vous êtes un homme arrogant, Mr Quadrant, et vous vous moquiez éperdument que nous apprenions votre liaison avec Mrs Missal. Si nous parvenions à établir un lien entre ce crime et vous, et si nous examinions votre voiture, vous pouviez vous fâcher un peu, mais il était tellement évident que votre raison de venir dans ce sentier était illégitime, que vos réponses évasives ou vos mensonges seraient imputés à celle-ci.

» Mais quand vous êtes arrivé dans le bois, il a fallu que vous alliez voir, vous vouliez être certain. Je ne sais pas quelle excuse vous avez inventée pour entrer dans ce bois...

— Il a dit qu'il avait vu un voyeur, déclara Helen Missal d'un ton amer.

— ... mais vous y êtes entré, et comme il faisait nuit vous avez gratté une allumette afin de voir le corps de plus près. Vous étiez tellement fasciné que vous avez tenu l'allumette entre vos doigts jusqu'à ce qu'elle soit entièrement consumée et que Mrs Missal vous appelle.

» Puis vous êtes rentré chez vous. Vous aviez fait ce que vous étiez venu faire et il y avait peu de chance que quelqu'un fasse le rapprochement entre vous et Mrs Parsons. Mais plus tard, lorsque j'ai mentionné le nom de Doon — c'était hier après-midi, si je ne m'abuse ? — vous vous êtes souvenu des livres. Peut-être même y avait-il des lettres — c'était il y a si longtemps. Dès que vous avez su que Parsons serait sorti de chez lui, vous avez utilisé la clef de Mrs Parsons, qui avait disparu, pour y pénétrer, et c'est ainsi que nous vous avons trouvé en train de fouiller pour essayer de trouver ce que Doon aurait bien pu laisser traîner.

— Tout ceci est très plausible, reconnut Quadrant. (Il lissa les cheveux en désordre de sa femme et resserra son étreinte.) Évidemment, vous n'avez pas la moindre chance d'obtenir une condamnation avec cette seule présomption, mais on peut toujours essayer si vous y tenez.

Il parlait comme s'il s'agissait d'imaginer un petit stratagème, un moyen de les ramener chez eux après une panne de voiture, ou une manière élégante de s'éclipser d'une réception sans froisser personne.

— Non, Mr Quadrant, rétorqua Wexford, nous ne perdrons pas notre temps à cela. Vous pouvez partir si vous voulez, mais je préférerais que vous restiez. Voyez-vous, Doon aimait Minna ; et s'il y a peut-être eu un sentiment de haine dans cet amour, il n'y aura jamais eu de mépris. Hier après-midi, quand je vous ai demandé si vous l'aviez connue, vous avez ri. Ce rire était l'une des rares réponses sincères que j'ai obtenues de votre part, et j'ai su alors que Doon aurait pu tuer Minna mais que sa passion ne se serait jamais muée en moquerie.

» De plus, à 4 heures ce matin j'ai appris autre chose. J'ai lu une lettre et j'ai su alors que vous ne pouviez pas être Doon, pas plus que Drury. J'ai compris quelle était la nature exacte du handicap de Doon.

Burden savait ce qui allait suivre, mais il ne put s'empêcher de retenir son souffle.

— Doon est une femme, dit Wexford.

15

N'aimez pas, n'aimez pas !
L'objet de votre amour peut changer,
La lèvre rouge cesser de vous sourire
Le regard affectueux et rayonnant
Se changer en un œil froid et inconnu ;
Le cœur peut battre encore avec chaleur,
Mais ne plus être fidèle.

Caroline Norton,
Love Not.

Quadrant se serait laissé arrêter, les aurait suivis docilement, pensa Burden. Maintenant qu'il était certain de son immunité, son assurance avait fait place à la panique, la dernière émotion que Burden aurait cru voir dans les yeux de cet homme.

Sa femme s'écarta de lui et s'assit. Pendant le long discours de Wexford, elle n'avait cessé de sangloter ; ses lèvres et ses paupières étaient gonflées. Ses larmes, peut-être parce que pleurer est une faiblesse de la jeunesse, lui donnaient l'air d'une petite fille. Elle portait une robe jaune confectionnée dans un tissu onéreux infroissable qui avait un tombé à la fois impeccable et fluide. Jusqu'alors, elle s'était tue. À présent, elle avait l'air d'exulter, le souffle coupé par les mots qu'elle n'avait pas prononcés.

— Quand j'ai su que Doon était une femme, reprit Wexford, presque tout s'est mis en place. Cela expliquait l'extrême discrétion de Mrs Parsons : pourquoi elle trompait son mari et n'avait pourtant pas l'impression de le tromper ; pourquoi Drury pensait qu'elle avait honte de Doon ; pourquoi son dégoût d'elle-même lui avait fait cacher les livres...

« Et pourquoi Mrs Katz, connaissant le sexe de Doon mais pas son nom, était si curieuse », pensa Burden. Cela expliquait la lettre qui les avait tant intrigués la veille. « Je ne vois vraiment pas pourquoi tu devrais avoir peur. Pas de quoi, grands dieux ?... » La cousine, la confidente, avait toujours su. Ce n'était pas un secret pour elle mais quelque chose qu'elle savait depuis longtemps et qu'elle n'avait pas cru nécessaire de préciser au chef de la police du Colorado. Il avait fallu qu'il mène un interrogatoire au cours duquel la révélation avait enfin eu lieu, comme un post-scriptum naturel à l'entretien.

— Mais dites donc, avait-il lancé à Wexford. Vous aviez cru que c'était un type ?

Helen Missal s'était reculée dans l'ombre. La malle sur laquelle elle était assise se trouvait contre le mur et le soleil éclaboussait sa jupe bleu clair, laissant son visage dans la pénombre. Ses mains se tordaient sur ses genoux et la fenêtre se reflétait en dix exemplaires dans ses ongles brillants comme des miroirs.

— Votre comportement était étrange, Mrs Missal, continua Wexford. D'abord, vous m'avez menti en affirmant ne pas connaître Mrs Parsons. Peut-être ne l'aviez-vous réellement pas reconnue sur la photographie. Mais avec des gens de votre espèce, il est si difficile de faire la part des choses. Vous vous récriez si souvent qu'à la fin on ne peut savoir la vérité qu'à travers la conversation des autres ou les bribes que vous laissez échapper accidentellement.

Elle lui lança un regard farouche.

— Pour l'amour du ciel, Douglas, passe-moi une cigarette, dit-elle.

— J'avais fini par croire que vous n'aviez rien à voir dans cette affaire, poursuivit Wexford, jusqu'à ce que quelque chose se produise jeudi soir. Je suis entré dans votre salon et j'ai dit à votre mari que je voulais parler à sa femme. Vous étiez seulement ennuyée, mais Mr Quadrant était terrifié. Il a eu un geste très curieux qui trahissait sa nervosité. J'ai d'abord supposé, quand vous m'avez avoué que vous étiez en sa compagnie, qu'il ne voulait pas qu'on l'apprenne. Mais ce n'était pas cela du tout. Nous étions presque gênés de le trouver aussi communicatif.

» Alors j'y ai pensé et repensé sans cesse, et j'ai finalement réalisé que j'avais observé cette petite scène de vaudeville à l'envers. Je me suis rappelé les mots exacts que j'avais prononcés et qui j'avais regardé... mais laissons cela de côté pour le moment.

» Cette brave directrice d'école se souvenait de vous, Mrs Missal. Selon elle, tout le monde pensait que vous deviendriez comédienne. Et vous m'avez dit la même chose : « Je voulais faire du théâtre ! » Vous ne mentiez pas alors. C'était en 1951, l'année où Minna a plaqué Doon pour Drury. J'étais parti sur l'idée que Doon était ambitieuse et que sa séparation d'avec Minna avait frustré cette ambition. Si c'est une vie gâchée que je cherchais, je n'avais pas besoin d'aller voir plus loin.

» À la sortie de l'adolescence, Doon s'était transformée : la jeune fille intelligente, passionnée et pleine d'espoir était devenue amère et désabusée. Vous correspondiez tout à fait au personnage. Votre gaieté était vraiment très crispée. Oh bien sûr, vous aviez des aventures, mais cela n'était-il pas également logique ? N'était-ce pas une façon de vous consoler de quelque chose de réel et de vrai que vous ne pouviez avoir ?

Elle l'interrompit et s'écria avec défi :

— Et alors ? (Elle se leva et donna un coup de pied dans un des livres qui glissa sur le sol et acheva sa course brutalement contre le mur aux pieds de Wexford.) Vous devez être fou si vous croyez que c'est moi Doon. Je ne pourrais pas avoir un sentiment aussi dégoûtant... aussi révoltant, pour une autre femme ! (Rejetant les épaules en arrière, exhibant sa féminité, elle reniait cette sorte de perversion comme si on lui reprochait une difformité physique.) Je hais ce genre de choses. Ça me rend malade ! Déjà à l'école, cela me dégoûtait. J'ai eu cela sous les yeux tout le temps, depuis le début je savais...

Wexford ramassa le livre qui avait atterri à ses pieds et en sortit un autre de sa poche. La fleur gravée dans le daim vert pâle avait l'air d'un tas de poussière.

— C'était de l'amour, dit-il doucement. (Helen Missal respira profondément.) Ce n'était pas dégoûtant, ni révoltant. Pour Doon, c'était merveilleux. Minna n'avait qu'à écouter et être tendre, être seulement gentille. (Il regarda par la fenêtre, comme si son attention était soudain captivée par un vol d'oiseaux déployés en une formation semblable à une feuille.) Doon ne demandait à Minna que de sortir avec elle, de déjeuner ensemble parfois, de passer en voiture dans les ruelles où elles s'étaient promenées à pied autrefois, d'écouter Doon parler de ses rêves jamais réalisés. Écoutez, voilà de quoi il s'agissait.

Le livre était fermé sur son index qui marquait la page. Il l'ouvrit et commença à lire :

Si l'amour était pareil à la rose,
Et si j'étais sa feuille,
Nos vies s'écouleraient en symbiose
Dans la joie comme dans le deuil...

Fabia Quadrant bougea et se mit à parler. Sa voix semblait venir de très loin, continuant le poème du fond de sa mémoire :

— *Champs en fleurs ou fleurs des chemins,*
Vert plaisir ou gris chagrin...

C'était les premières paroles qu'elle prononçait. Son mari lui saisit le poignet, resserrant ses doigts autour des maigres os. Burden pensa que s'il avait osé, Quadrant lui aurait couvert la bouche de sa main. Elle continua :

— *Si l'amour était pareil à la rose*
Et si j'étais sa feuille...

Elle acheva sur une note aiguë, une enfant attendant l'éloge qu'elle aurait dû recevoir douze ans auparavant et qui ne viendrait jamais plus. Wexford avait écouté, s'éventant avec le livre d'un geste régulier. Il la tira gentiment de son rêve en disant :

— Mais Minna n'écoutait pas. Elle s'ennuyait. (Il se tourna vers la jeune femme qui avait récité la fin du poème et lui dit avec ferveur :) Elle n'était plus la Minna que vous aviez connue, vous comprenez. C'était une ménagère, une ancienne institutrice qui aurait aimé parler de cuisine et de tricot en compagnie de quelqu'un comme elle.

» Je suis sûr que vous vous rappelez, continua-t-il sur le ton de la conversation, comme la fin approchait mardi après-midi. Il devait faire très chaud dans la voiture. Doon et Minna avaient déjeuné, Minna avait mangé beaucoup plus que si elle avait été chez elle... Elle s'ennuyait et s'est endormie. (Il éleva la voix mais sans colère.) Je ne dis pas qu'elle méritait sa mort alors, mais elle l'a bien cherchée !

Fabia Quadrant se dégagea de l'étreinte de son mari et se dirigea vers Wexford. Elle s'avançait avec dignité vers le seul qui l'ait jamais comprise. Son mari l'avait protégée, songea Burden, ses amis s'étaient éloignés, celle qu'elle aimait n'avait éprouvé que de l'ennui. Sans rire et sans sourciller, un policier de campagne avait compris.

— Elle méritait de mourir ! Elle le méritait ! (Elle saisit les revers du veston de Wexford et se mit à les caresser.) Je l'aimais tant. Puis-je vous le dire, à vous, puisque vous comprenez ? Vous savez, je n'avais plus que mes lettres. (Son visage avait pris une expression pensive, sa voix était devenue douce et tremblante.) Plus de livres à écrire.

Elle secoua la tête lentement, une enfant s'opposant à une leçon trop difficile.

— Plus de poèmes. Mais Douglas m'a laissée écrire des lettres, n'est-ce pas Douglas ? Il avait si peur... (L'émotion monta par vagues sur son visage, jusqu'à brûler ses joues, et la chaleur entrant par la fenêtre faisait perler la sueur sur son front.)

» Il n'y avait pourtant pas de quoi avoir peur ! (Les

mots étaient prononcés sur des notes de plus en plus aiguës, dont la dernière fut criée.) Si seulement ils m'avaient laissée l'aimer... l'aimer, l'aimer... (Elle se prit la tête entre les mains et se mit à triturer ses cheveux en psalmodiant :) L'aimer, l'aimer...

— Oh, mon Dieu, murmura Quadrant en se recroquevillant sur la malle. Mon Dieu !

— L'aimer, l'aimer... Vert plaisir et gris chagrin...

Elle s'appuya contre Wexford et éclata en sanglots contre son épaule. Oubliant le règlement, il la serra contre lui et referma la fenêtre.

L'étreignant toujours, il s'adressa à Burden :

— Vous pouvez reconduire Mrs Missal à présent. Veillez à ce qu'elle rentre chez elle.

Helen Missal baissait la tête, comme une fleur fanée. Elle garda les yeux baissés quand Burden l'entraîna hors de la pièce et descendit avec elle l'escalier sombre et étouffant. Il savait que ce n'était pas le moment, mais que Wexford allait devoir tout de même prononcer la phrase rituelle :

— Fabia Quadrant, je dois vous avertir que vous n'êtes pas obligée de répondre aux accusations portées contre vous mais que tout ce que vous direz pourra être retenu contre vous...

L'histoire d'amour était terminée, et le dernier vers du poème avait été récité.

16

Belle est la vérité,
Et elle triomphera.
Coventry Patmore,
Magna est Veritas.

Doon avait écrit exactement cent trente-quatre lettres à Minna. Pas une n'avait été envoyée et n'avait quitté la bibliothèque de Quadrant, où Wexford les découvrit dans le tiroir d'un bureau ce dimanche après-midi. Elles étaient enveloppées dans une capuche en nylon rose à côté d'un porte-monnaie marron à fermoir doré. La veille au soir, il s'était tenu au même endroit, ignorant que sa main était à quelques centimètres des objets recherchés.

En les parcourant rapidement, Burden comprit pourquoi Doon avait écrit ses dédicaces à Minna en caractères d'imprimerie. L'écriture en pattes de mouche était difficile à déchiffrer.

— Mieux vaut les emporter, suggéra-t-il. Est-ce qu'on va devoir toutes les lire, monsieur ?

Wexford les avait regardées d'un peu plus près et avait extrait du paquet celles qui semblaient les plus délirantes.

— Seulement la première et les deux dernières, je pense. Pauvre Quadrant. Quelle vie ! Nous allons emmener le paquet au bureau, Mike. J'ai la désagréable impression que Nanny est en train d'écouter derrière la porte.

Dehors, la chaleur et l'intensité de la lumière

avaient ôté à la maison tout son caractère. Elle ressemblait à une gravure sur métal. Qui voudrait l'acheter en sachant ce qu'elle avait abrité ? « Elle pourrait être transformée en école », imaginait Burden, « en hôtel ou en maison de retraite ». Cela ne dérangerait peut-être pas les personnes âgées plus occupées à bavarder, à évoquer leurs propres souvenirs ou à regarder la télévision dans la pièce où Fabia Quadrant avait écrit ses lettres passionnées à la femme qu'elle avait fini par tuer.

Ils traversèrent la pelouse qui menait à leur voiture.

— *Vert plaisir et gris chagrin,* cita Wexford. Voilà qui résume bien cet endroit.

Il s'installa sur le siège du passager et ils s'en allèrent.

Au poste de police, tous les policiers traînaient dans le foyer et ne parlaient plus que de l'affaire. L'excitation qui régnait venait à point nommé pour les tirer de l'ennui et leur fournir un autre sujet de conversation que la vague de chaleur dont ils souffraient. Une femme assassinée par une autre femme... Dans une ville comme Brighton, passe encore, pensa Burden, mais ici ! Le sergent Camb supportait soudain beaucoup mieux le fait d'être de service un dimanche, et le jeune Gates, qui avait envisagé de démissionner, se mit à réfléchir et à trouver finalement de bonnes raisons de rester.

Quand Wexford entra, les portes battant derrière lui et créant un appel d'air rafraîchissant dans l'atmosphère suffocante, tout le monde se dispersa comme si chacun avait été soudain sollicité par une tâche urgente.

— Alors, on a trop chaud ? aboya Wexford en pénétrant dans son bureau avec brusquerie.

Les fenêtres étaient restées ouvertes mais pas un papier ne s'était envolé du bureau.

— Les stores, Mike. Baissez les stores ! (Wexford

jeta sa veste sur une chaise.) Qui a laissé ces sacrées fenêtres ouvertes ? Ça dérègle l'air conditionné.

Burden haussa les épaules et descendit les stores jaunes. Il remarqua que ce bavardage, que lui-même détestait, avait mis Wexford hors de lui. Le lendemain, toute la ville serait en effervescence, bruyante de commérages et confortée dans sa propre sagesse après un tel événement. D'une manière ou d'une autre, ils allaient devoir faire venir Fabia Quadrant dans la matinée devant le juge d'instruction... Mais c'était son jour de congé et il se réjouit à l'idée qu'il allait emmener sa femme Jean au bord de la mer.

Wexford s'était assis et avait posé sur son bureau le paquet de lettres, aussi épais que le manuscrit d'un long roman ou d'une autobiographie, l'autobiographie de Doon. Le bureau était désormais plongé dans la pénombre, seuls de minces rais de lumière se glissaient au travers des stores.

— Vous croyez qu'il le savait quand il l'a épousée ? demanda Burden.

Il commença à feuilleter les lettres, s'arrêtant ici et là sur une phrase lisible. Il lut avec une sorte d'étonnement gêné, « En vérité, tu m'as brisé le cœur, et tu as fracassé la coupe de vin contre le mur... »

La colère de Wexford semblait avoir baissé en même temps que la température ; il fit pivoter son fauteuil mauve et répondit :

— Dieu seul le sait. J'imagine qu'il croyait être un don du ciel pour toutes les femmes et qu'en l'épousant, il lui ferait bien oublier Minna. (Il frappa une des lettres de son index.) Je me demande même si le mariage a jamais été consommé. (Burden eut l'air un peu écœuré, mais Wexford continua.) « Et pour cet être qui partage ma vie, ma chair est demeurée pareille à une chandelle sans flamme... » (Il regarda Burden.) Et caetera, et caetera. D'accord, Mike, c'est un peu répugnant. (S'il s'était senti moins écrasé par la chaleur, il aurait sans doute assené un grand coup de poing sur le bureau. Il ajouta d'un ton hargneux :) Ils vont se marrer aux Assises.

— Ça a dû être terrible pour Quadrant, dit Burden, compatissant. Cela explique Mrs Missal et compagnie.

— Je me suis trompé sur son compte. Sur Mrs Missal, je veux dire. Elle était vraiment amoureuse de Quadrant, folle de lui. Quand elle a réalisé qui était Mrs Parsons, elle s'est souvenue de ce qui se passait à l'école et elle a cru que c'était Quadrant qui l'avait tuée. C'est à ce moment-là qu'elle a fait le rapprochement avec ce qui s'était passé dans le bois. Pouvez-vous l'imaginer, Mike... (Wexford était tendu et pourtant il semblait pensif.) Imaginez-vous la rapidité avec laquelle elle a dû réfléchir quand je lui ai dit qui était Mrs Parsons ? Elle a dû se rappeler l'insistance de Quadrant pour aller dans ce chemin, qu'il l'avait laissée dans la voiture et qu'au bout d'un long moment elle était allée à sa recherche, avait vu la flamme de l'allumette à travers les buissons, l'avait peut-être appelé. Je parie qu'il était blanc comme un linge en retournant près d'elle.

» Mais quand je suis allé la voir hier, je l'ai prise au dépourvu. L'espace d'une seconde, j'ai bien cru qu'elle allait me parler de Fabia, de ses ambitions réduites à néant. Elle m'aurait parlé de tout cela si Missal n'était entré à ce moment-là. Elle a téléphoné à Quadrant au cours des cinq minutes qu'il m'a fallu pour arriver chez lui et elle est sortie pour aller le retrouver. Je lui ai demandé si elle allait au cinéma ! Mais il ne s'est pas montré ; trop occupé avec Fabia, je suppose. Elle lui a téléphoné à nouveau dans la soirée et lui a dit qu'elle savait que Fabia était Doon, et qu'elle avait eu un béguin d'adolescente à cause de Mrs Parsons. Il a dû lui avouer alors qu'il voulait pénétrer chez Parsons afin de récupérer les fameux livres, juste au cas où il nous viendrait l'idée d'aller les examiner d'un peu trop près. Souvenez-vous qu'il ne les avait jamais vus — il ne savait pas ce qu'ils contenaient. Mrs Missal avait vu la note sur le tableau de l'église. C'est juste à côté de chez elle. Elle a appris à Quadrant que Parsons serait absent le lendemain...

— Et Fabia possédait la deuxième clef de la maison, évidemment, résuma Burden, celle que Mrs Parsons avait laissée dans la voiture avant de se faire tuer.

— Quadrant devait protéger Fabia, poursuivit Wexford. Il ne pouvait être son mari mais il pouvait être son protecteur. Il devait s'assurer que personne ne découvrirait la véritable nature de ses relations avec sa femme. Elle était folle, Mike, vraiment cinglée, et si cela s'était su, son statut social, ses moyens d'existence, tout serait parti en fumée. En plus, c'est à elle qu'appartient l'argent. Ce qu'il gagne en tant qu'avocat, c'est de la roupie de sansonnet, comparé à sa fortune à elle.

» En tout cas, pas étonnant qu'il se soit échappé tous les soirs. Hormis le fait que c'est un chaud lapin, tout devait être préférable aux interminables histoires sur Minna. Ça devait être pratiquement intolérable.

Il se tut un instant, se remémorant ses deux visites chez Quadrant. Depuis combien de temps étaient-ils mariés ? Neuf ans, dix ans ? Il imagina au début les allusions et les excuses ; puis les orages de la passion, les souvenirs qui refusaient d'être étouffés, l'amertume d'un engouement accidentel qui avait perverti une vie entière.

Avec une effrayante subtilité, pire que la maladresse, Quadrant avait dû essayer de rompre le charme. Wexford s'efforça d'éloigner ses pensées de ces tentatives, mais il ne parvenait pas à oublier l'agitation de la jeune femme dans le grenier, les battements désordonnés de son cœur lorsqu'elle s'était appuyée contre sa poitrine.

Burden, qui connaissait les Quadrant de façon moins personnelle, sentit Wexford se replier sur lui-même. Il tenta de le ramener à des pensées plus terre à terre :

— Puis Minna est revenue sous les traits de

Mrs Parsons, Fabia l'a rencontrée et elles sont allées se promener dans la voiture de Quadrant. Ce n'est pas lui qui l'avait mardi, mais sa femme. Quand elle est rentrée mardi soir, Fabia lui a avoué avoir tué Mrs Parsons. Ce qu'il avait toujours redouté, que son état mental ne l'entraîne à la violence, venait d'arriver. Sa première pensée a dû être de la tenir à l'écart de tout cela. Elle lui a dit où se trouvait le corps et il a tout de suite pensé aux pneus de la voiture.

— Exactement, reprit Wexford, de nouveau intéressé par les détails pratiques de l'affaire. Tout ce que je lui ai dit dans le grenier de Parsons était rigoureusement vrai. Il est allé rouler dans la boue fraîche avec sa voiture et regarder le cadavre. Pas par curiosité ou sadisme — pourtant, il a dû ressentir des pulsions sadiques à l'égard de Mrs Parsons, et de la curiosité aussi, c'est sûr ! — mais simplement pour s'assurer qu'elle était bien là. Il était bien placé pour savoir que Fabia n'était pas toujours très lucide. Malheureusement, c'est là que Mrs Missal a perdu son rouge à lèvres. Comme dirait Quadrant, c'est une jeune femme insouciante et c'était juste de la négligence.

» Il espérait qu'on n'en arriverait pas à questionner Fabia, du moins pas avant un certain temps. Quand je suis entré dans le salon de Mrs Missal jeudi soir...

— C'est à Missal que vous vous adressiez, l'interrompit Burden, mais c'est Quadrant que vous regardiez parce que nous avons été surpris tous les deux de le trouver là. Vous avez dit : « J'aimerais parler à votre femme », et Quadrant a cru que c'était à lui que vous parliez.

— Je l'ai soupçonné jusqu'à hier après-midi, reprit Wexford. Mais quand je lui ai demandé s'il connaissait Mrs Parsons et qu'il a éclaté de rire, là j'ai su qu'il n'était pas Doon. Je vous ai dit que son rire m'avait donné froid dans le dos ; pas étonnant. Ce rire dissimulait beaucoup de choses, Mike. Il avait vu Mrs Parsons morte et reconnu sa photo dans les journaux. Il a dû ressentir une grande amertume à l'idée de ce qui avait conduit sa femme à la névrose et brisé son mariage.

— Il a déclaré ne l'avoir jamais rencontrée, intervint Burden. Je me demande pourquoi il n'a jamais essayé de lui parler ?

Wexford réfléchissait. Il plia la capuche et la rangea avec le porte-monnaie et la clef. Dans le tiroir, ses doigts rencontrèrent un objet lisse et brillant.

— Peut-être n'a-t-il pas osé, dit-il, songeur, peut-être avait-il peur de ce qu'il pourrait faire...

Il sortit la photographie, mais Burden, visiblement préoccupé, en regardait une autre, celle que Parsons leur avait donnée de sa femme.

— On dit que l'amour est aveugle, insista Burden, mais qu'est-ce que Fabia pouvait bien lui trouver ?

— Elle n'a pas toujours été ainsi, assura Wexford. Ne pouvez-vous donc imaginer qu'une jeune fille riche, intelligente et belle comme Fabia ait pu trouver en elle le repoussoir idéal... ? (Il échangea les photographies, rajeunissant soudain Margaret Godfrey de douze ans.) Votre copine, miss Clarke, m'a apporté ceci. Cela m'a donné quelques idées avant qu'on ne reçoive ce coup de fil du Colorado.

Margaret Godfrey était l'une des cinq jeunes filles assises sur le banc en pierre, au milieu du premier rang. Celles qui se tenaient debout derrière avaient une main posée sur l'épaule de celles de devant. Burden dénombra douze visages. Elles souriaient toutes sauf elle, le visage détendu. Elle avait un haut front pâle, de grands yeux inexpressifs, et les lèvres closes dont les coins esquissaient un imperceptible mouvement ascendant. Elle regardait l'objectif de la même façon que La Joconde avait regardé Léonard de Vinci...

Burden repéra Helen Missal avec ses boucles démodées et Clare Clarke et ses nattes. Toutes, sauf Fabia Quadrant, regardaient l'objectif. Elle se tenait derrière la jeune fille qu'elle avait aimée, les yeux baissés sur une paume retournée, une main pendante qui s'était retirée de la sienne. Elle aussi souriait mais elle fronçait les sourcils et sa main, qui avait tenu et caressé, pendait, vide, contre la manche de son amie. Burden ne pouvait détacher ses yeux de ce portrait, conscient que le hasard leur avait offert un souvenir visuel du premier nuage sur le visage de l'amour.

— Une dernière chose, dit-il. Quand vous avez vu Mrs Quadrant hier, vous disiez qu'elle lisait. Je me demandais si... je me demandais de quel livre il s'agissait.

Wexford sourit, brisant le charme.

— De la science-fiction. Les gens sont inconséquents.

Puis ils rapprochèrent leurs chaises du bureau, étalèrent les lettres devant eux et commencèrent à lire.

Composition réalisée par JOUVE

IMPRIMÉ EN FRANCE PAR BRODARD ET TAUPIN
La Flèche (Sarthe).
Imp. : 3765D – Edit. : 5630 - 05/1999
ISBN : 2 - 7024 - 2979 - 3

H 52/1150/3